かりそめの星巡り

石沢麻依

講談社

かりそめの星巡り＊目次

I　記憶の素描

II　透明なものたち――美の十選

Ⅲ　小説を巡り歩いて

かりそめの星巡り

装幀　名久井直子
カバー作品　西浦裕太
本文写真　著者

I

記憶の素描

人形の家の過去

時折、誰かが投げた言葉の釣り針に引っかかってしまうことがある。病院の待合室、列車のコンパートメントや駅のホーム、信号待ちの横断歩道、客足が遠のく時間帯の店などで、不意に言葉をかけられ、そのまま誰かの語りに巻き込まれてゆく。それは大概、街案内や、ひっそり佇むオブジェの背景的な説明から始まるが、いつの間にかそこに個人の過去の断片が入り込んでくる。最終的には、圧縮された年代記を耳にすることも珍しくない。

十月のあたま、イェーナの旧市街を通り抜けていたところ、くすんだ白壁の玩具屋のウィンドウ越しに人形の家を目にした。縦半分に開かれた四階建ての家には、三階まで三つずつ横並びに部屋が配置され、最上階を大きな屋根裏部屋が占めている。台所や食堂、居間、客間、寝室、子供部屋、浴室などが備わった典型的な「ドールハウス」。家具の細やかな造りに対して人形は雑な印象があり、精緻な舞台背景の中で手足を伸ばしたまま転がっている。

ああ、「東」っぽい家ね、と小さく笑みを含んだ声が耳許をそっと過《よぎ》った。人形の家から視線を引き戻すと、隣には鮮やかな赤い薄手のセーターを身につけた老婦人が立っていた。彼女はガラス越しに部屋から部屋へと指差し、家具や室内装飾について言葉を重ねる。冷蔵庫のスタイル、布張りのソファや壁紙の模様、居間に配置された家具や部屋の装飾、そして電灯の形。ゆっくりと「東ドイツ」の頃の生活が、小さな部屋の家具を通して編まれてゆく。しかし、ふと気がつけば、人形の家案内に少しずつ彼女のかつての生活が紛れ込んでいた。発電所の技術者だったというこの女性の生活や家族へ語りが移行してゆくうちに、私が目にしているのは人形の家ではなく、彼女の過去の断片なのかもしれない、と疑いがにじみ出てくる。ガラスの向こう側で、私は彼女の家を訪れた客人となり、寝そべる人形たちも立ちあがって、老婦人の家族として自己紹介しそうな気配があった。

イエーナは旧東ドイツ側に位置する街である。そのために、街並みや古い店、集合住宅のスタイルやその住まいの中に、「東」と呼ばれる断片をいくらでも目にすることが可能だ。記憶の装置でもあるそれらに促され、持ち主の口から「東」を回想する言葉が静かにこぼれてくることもある。当時の生活に結びついた固有名詞は、今では博物館と記憶の中で見つけられる。土地に刻まれた境界線が消えても、記憶や言葉の中でその痕跡は留まり続けるのかもしれない。

今年もまた十月三日がやってきた。東西ドイツが統一してから、三十一回目の記念日である。すでに二つを分け隔てる境界線は存在しない。それでも、会話の中では「西」「東」という言葉がよく顔を見せる。それは方角に留まろうとせず、すでに一つの歴史的、政治的な意味を負っているのだ。言葉は人の口を通り過ぎてゆくうちに、意味も幾つも重ねてゆく。意味は服のように重ね着が可能だが、時間が経つにつれて皮膚的なものに変容するのかもしれない。そうなったが最後、言葉や記憶、そして物や場所からもすでに引きはがすことが難しくなるのだろう。

あれから玩具屋のそばを通ることを、足は何となく避けている。あの「東」の断片を含んだミニチュアの家の中に、赤いセーターをまとった人形がいるのではないか、とどこかで恐れているのだ。

（二〇二一年十月二十六日）

著者が暮らすドイツ・イェーナの街並み

空白の冬の色

小さな灰色雲が、屋根の煙突から細く伸びるのが見えた。秋が熟してきたのだ。空気に煙の匂いが漂う頃、その気配はより鮮やかなものとなる。森や街路樹は乾いた黄褐色に染まり、陽射しに包まれ金色に燃え上がるだろう。ドイツ語に「黄金の秋」という言い回しがあるが、実際は冷たい雨や霧に閉じ込められ、重苦しい灰色の曇り日が続くことの方が多い。そのために、秋を灰色の印象とする人も少なくない。

その一方で、この時期になると、街は炭酸水の泡めいた期待にふつふつと震え出す。十一月末から約一か月の間、クリスマスの市が開催されるのだ。ここで色彩と光を存分に浴び、華やいだ空気を身体いっぱいに取り込むことで、長く暗い冬に備えようとする。

この冬の催しを満たす香りもまた、季節を感じさせるものだった。街の中央広場に密集する木製屋台には、焼きソーセージの弾ける脂、揚げたじゃが芋がまとう油の湯気、炒ったナッツをくるむ蜜の照りやクレープの甘い卵色などがあふれ返る。そこから立ち上る濃い香りをくぐり抜ければ、コートはたちまち残り香の模様で賑やかになる。

その中でもやはり、グリューワイン売り場がひと際大きく目立つだろう。クローブやシナモンなどの香辛料と砂糖を加えて煮詰めた甘いワイン。売り場の周りには、バウムクーヘン状に人の環がぶ厚く出来上がる。これを飲まないとクリスマスの感覚がしない。そう言いつつ熱いワインのカップを手にする人たちは、お喋りや電球の光に身を浸しつつ、冷たい夜の空気と共に飲み干してゆく。

グリューワイン用カップには、市が開かれる街の名前と年が刻まれている。街ごとに市の様子が異なるように、カップのデザインもさまざまだ。ガラスや陶器の表面に、小さく切り取られた街の風景が描かれているものが多い。そのために、クリスマスの記念として、この時間と場所の断片を集める人もいる。食器棚にある冬のカップを年代順に並べてみれば、持ち主の移動の地図が浮かび上がるのかもしれない。

しかし、二〇二〇年はパンデミックのために、ほとんどの街が開催を断念した。クリスマスマーケットの彩りやにぎわいの欠けた十二月の街は、何も起こらないままに何かが終わってしまったという空白の感覚が後を引いた。その結果、時間を追い越したように、季節感がつかめなくなってしまう。電話の向こうで友人たちは、年が明けてしまったみたいに気が抜けた感じ、と声をそろえてこぼすのだった。たぶん、去年の冬は、誰もが多かれ少なかれ、一か月間の時差ぼけ感覚を味わったに違いない。

私もまた、冬のカップを蒐集するひとりだ。ハイデルベルクで三度迎えた十二月の記憶は、手の中に収まる陶器のカップの形をしている。そこには大聖堂のある旧市街の一角が描かれ、二〇一七年から一九年まで順番に深い緑、黒、小豆色の色彩をまとっている。しかし、二〇二〇年のカップは存在しない。この年の冬の断片は、秋の木の葉のように色変わりすることなく、ただの空白の時間の色としてあるだけだ。

今年の冬、クリスマスの市を開催する街も多いと聞く。厳しい制限つきだが、十二月に光と香りが戻ってくる予定だ。再び、グリューワインのカップは手に入るかもしれない。新たに別の色付けがされていることだろう。しかし、歯抜けのように一年の色が欠けて、カップの形をした時間が、真っ白に浮かび上がってくる。その空白の色は、去年の十二月のあの時差ぼけと、どこかで結びついているのかもしれなかった。

（二〇二一年十一月二十三日）

形の読み落とし

イェーナに引っ越した三年前のこと、友人のDから大晦日の招待を受けた。ドイツの大晦日は親しい人を招いて一緒に過ごし、年が変わる瞬間に花火を打ち上げ、発泡酒で乾杯をして祝うという。一年の最後の夜、耳に痛いほどのボリュームで、音楽と笑い声が響き渡るような大騒ぎも珍しくはない。しかし、Dの家には人間に対して距離を置きたがる猫がいるので、少人数の落ち着いた集まりとなるとのことだった。遠く近くからお喋りや音楽がもれ、凍りつく息の模様が見えそうなほどの寒さでちりちりと空気が震える夜、Dが扉を開けて迎えてくれた。すでに他の客人は到着していたが、不機嫌になった猫の姿だけが見えない。低く流れる静かな音楽に合わせて、潜り込んだソファの下から、時折豪華な羽扇のような尻尾をのぞかせては引っ込めるだけだった。

真夜中も近くなった頃、Dは蠟燭と小さな包みを取り出した。中に鳥や本、十字架やハート、花の形をした小さな銀灰色の塊が並んでいる。包装紙にくるまれたチョコレート菓子とも見えるそれは蠟だという。これは鉛占い（ブライギーセン）といって、大晦日に皆でする伝統的な占いみたいなもの、とDは説明した。人形が使いそうな小さな鍋にくすんだ銀灰色の塊を入れ、蠟燭の火にかざす。滑らかに鈍く光る液状となるまで溶かした後、すぐに冷たい水を湛えたボウルに注ぐ。すると、冷えた蠟は小さな奇妙なオブジェの形に固まる。「鉛を注ぐ」という意味を持つこの占いは、ドイツ以外でも北欧や東欧でも、伝統的に年末に行われてきたそうだ。しかし、安全性の点から錫《すず》や蠟が今では使われ、鉛は名前だけに留まっている。日本の初詣で引くおみくじのようなものだが、ここでは金属の形から一年を占うのだった。

鉛占いについて最初に知ったのは、アストリッド・リンドグレーンの『やかまし村の春夏秋冬』を読んだ時のことだった。家が三つしかないスウェーデンの小さな村を舞台に、六人の子供たちの日々を描いたシリーズで、一九八〇年代に映画化もされている。その中に、大晦日の夜に子供たちが鉛占いをする場面があった。冠の形だから王様になれる、本の形は学校で勉強、自転車に似た塊に期待を膨らませる。子供たちの形読みは、夜遅くまで続けられる。映画の中では、暖炉で溶けた金属が水に注ぎこまれる際の不思議な音楽めいた音も印象的だった。

水の中で開く形には、あらかじめ意味が決まっているものもある。花は新たな友人関係、鷲は仕事上の成功、赤ん坊は家庭内の平和、時計は時機到来など。しかし、大抵は謎めいた形になるので、意味を適当に当てはめることになるのだった。Ｄのテーブルに置かれたボウルの底にも、読み解けない銀灰の断片が幾つも沈んでいる。そこには、私の占いの結果も交じっていた。脱ぎ捨てられた手袋を思わせるそれに、どうこじつけても幸運の印象は浮かび上がってこない。かつて決闘を申し込む際、相手に手袋を投げつけるという習慣があったのを思い出し、少しばかり不吉な予感がしたままでだった。

形を読むというのは、何かに出会う度に、自分の記憶の中から似た印象を引っ張り出して、そこに重ねることなのだろう。こちらの解釈に合わせて姿を現す曖昧なものである以上、それは匙加減を間違えると一方的な声になるのではないだろうか。類似にばかり気をとられて、違いを見落として痛い目にあうかもしれない。

私はよく形を読み間違えている。空模様に気づかずにわか雨に濡れ、見慣れないものに日本の印象を当てはめて大きな勘違いを繰り返してきた。そして、尻尾の動きや態度が仄めかす意味を読み取り切れず、Ｄの家を訪れる度に猫の機嫌を損ねてばかりいる。

（二〇二一年十二月二十八日）

連続する地形

年が明けた頃、山歩きが好きな「緋山《ひやま》」さんとイェーナの旧市街で、ばったり顔を合わせた。コートの中まで凍った風が吹き抜け、身体が透明になったのではないかと思うほど寒い昼下がりのことである。赤い毛糸の帽子を被った彼女は、寒さに背を丸めることなく、直線的な姿勢と足取りで歩いていた。「緋山」は、もちろん本名ではない。姓に山を表す「ベルク（Berg）」のついた彼女は、会う時も写真の中でも緋色を身につけていることが多く、それがまたよく似合っているので、密かにそう呼んでいるのだ。

緋山さんは、山や森を含む風景、採集したハーブの名前、そして歩き回った散策路や山道などを、驚くほどたくさん記憶の中に蒐集している。ドイツ内では飽き足りず、彼女は休暇の度に、国境を越えて山歩きをしてきた。おそらくイェーナ近辺で、彼女の足跡が刻まれていない山はないと思う。明らかにお荷物になりそうな私を、無理に誘わない点も好ましい。そんな彼女との会話に、蔵王の山が出てきたことがあった。

故郷にはどんな山があるの？　街の様子や観光名所といったものを素通りして、緋山さんの関心はまっすぐ山へと向かう。山を写した写真を幾つも見せていると、彼女の視線が蔵王の御釜の風景にぴったり貼りついてしまった。荒涼とした岩肌に映える翡翠の水。これは火山湖？　そう訊いた後に、緋山さんは言葉を続ける。アイフェルの辺りにも、こんな形をした湖があるから。

ドイツ西部からベルギー東部にわたる地域に、アイフェル火山群と呼ばれる山地が横たわっている。約一万年前に起きた大規模な火山活動のため、そこには無数の火山湖や火山灰を含んだ地層があった。その遠い時間の痕跡に沿って、約二八〇㎞に及ぶドイツ火山街道が、森の中を細い縫い目となって走っている。

アイフェルの火山湖の画像を探してみると、ぽっかりと丸い青がこちらを見つめてきた。湖の周辺を森が厚く覆うさまは、岩肌をさらす御釜の風景とは異なるだろう。水も金属の溶けた鮮やかな緑ではなく、深い静かな青をたたえている。火山地帯ならば地震も多いかもしれない。だから、火山活動の再開もあるのではないか。私の問いに対し、緋山さんはあっさり笑った。何万年周期だから、そんなこと考えたこともない、と。

去年の二月頃から、ヨーロッパで二つの火山が不穏な動きを示している。半年以上に及ぶイタリアのエトナ山とアイスランドの噴火のことだ。ドイツの新聞の写真には、黒と灰色が不気味に渦巻く噴煙や、黒々とした大地を引き裂く火の川の姿が鮮やかに映っている。しかし、アルプス山脈や海を間に挟んでいるせいか、誰もそれを自分の土地に重ねて考えることはしないようだ。距離はそのまま、感覚の遠さとなっている。

一月十五日、トンガ沖で海底火山が噴火した。噴火の衝撃波は、一万六〇〇〇㎞以上離れたベルリンにも十二時間後に到達し、気圧変化が観測されたとのことである。噴火のみならず、太平洋の国々や日本の沿岸部に到達した津波についてもニュースになった。

遠く時間と海を越えた日本では、チリ地震の津波の記憶、そして東日本大震災の沿岸部の映像が、頭の中を過ったただろう。凍える夜中になされた避難のことを聞き知って、大変だったみたいだね、と緋山さんたちは言う。

しかし、火山と連動して起こる地震には、思いがたどり着かないようだ。日本のニュースを追う私は、ほぼ地震のない国で暮す彼女らには奇妙と映るのだろう。しかし、土地や地形が連動することへの不安の感覚は、どうしても言葉でうまく伝えられない。自然が作り上げる地形は、国境という区切りとは無関係に広がり、記憶の中でも過去の光景はずっと地続きとなっている。感覚が編み出す地形図。そこには、緋山さんの足が踏むことのない場所が、幾つも刻みこまれているのだ。

（二〇二二年一月二十五日）

狐問答

雪の訪れのない街でも、冬の雨はよく通り過ぎる。昼間を灰色に塗りこめるものから、急に激しく泣きわめくものまで、雨を降らす空は表情豊かだ。そんなある日、静かな通り雨が、家の前の街路をさわさわと濡らした。空は薄青いまま、窓から差し込む光が色あせ、通りを走る自動車のタイヤの音が急に水気を帯びてこもる。急な雨に驚いて、通行人が空を見上げ足を速めた。そこに五歳ほどの少女が、母親に手をとられて通り過ぎようとする。小さな水色のオーバーの襟元は、動物の顔のついた毛糸のマフラーで暖かくくるみ込まれていた。赤みがかった金茶色の狐の顔が、少女の歩調に合わせて柔らかく弾む。

天気雨と狐と聞けば、「狐の嫁入り」という言葉がすぐに頭に浮かぶだろう。変身して人を騙す動物として、日本では昔から狐の名前がよく挙げられる。しかし、ヨーロッパの寓話や神話の中に、人の姿をとる動物を見つけることはない。変身譚と言えば、神々の怒りに触れ、あるいは気まぐれに振り回されて、人が動物の姿に変えられるという筋が一般的だ。

　ドイツ語において、狐をはじめとする動物は、普通名詞に姿を変え、特別な名詞をまとって、寓意的な役割を担うようになる。例えば、読書好きな人は「読書鼠」、甘党の人は「甘いものをつまむ猫」、運の悪い人のことは「不運鳥」など、言葉の上で動物は人間的な印象を追加され、これも一種の変身と言えるのかもしれない。

　狐と言えば、日本文化に興味のある知り合いによく訊かれるのが、狸との関係性である。日本では狐と狸が対として扱われるのは、どのような理由なのか、競争相手である狸はいかなる動物なのか、などこの類の質問は幾度となく私のもとにやって来る。そもそもドイツに狸は棲息していないので、言葉やイメージの上で狐と対で扱われることはない。それどころか、狸という名詞も単なるレッテルに過ぎず、他の動物のような格別の意味や印象を与えられているわけではない。だからこそ、日本の狐と狸の変化を競い合う昔話は想像しづらいようだった。さらに狐の好物とされる油揚げや、「狐うどん」と「狸そば」のように動物と麺の関係にまで問いが広がると、複雑な森に迷い込むことになった。次第に「狐」という言葉自体に、話す側も聞く側も化かされているような気分に陥る。

　ドイツ語の狐は、「賢さ」や「狡猾さ」を象徴する動物である。「年老いた狐」は日本語の「古狸」に相当し、狸の役割も狐がすべて、たった独りで請け負っているらしかった。しかし、狐がある動物と対になる言い回しがひとつだけある。「狐と兎がおやすみの挨拶を交わす所で」。これは、「人里離れた辺鄙な場所」を表す定型表現である。人間の気配のない孤独な場所では、狐とそれを天敵とする兎が争うことなく、童話めいた柔らかな雰囲気を持つ言葉や意味の中に落ち着いているのだ。

二つの言語の間を行き来する時、そこに必ずしも綺麗な鏡像関係があるわけではない。仮に自分の知る印象を押しつけようとしても、言葉はするりと身を変えては、上手にこちらの手から逃れてしまう。この土地に人を騙す狐はいなくとも、出会う言葉は常に狐のように惑わしてくる。

私の視界を、狐顔のマフラーに顎を埋めた少女が、母親の手にぶら下がるようにして、ゆっくり通り抜けてゆく。光を閉じ込めた雨の滴が流れる度に、物憂げな街は奇妙に明るく彩られる。遠ざかる少女の頭を覆う、白い丸飾りのついた薄い灰色の毛糸帽。その小さく揺れる白が、兎の尻尾に見えてならなかった。

（二〇二二年二月二十二日）

三月の海に続く絵画

　かつてハンブルクに「冬の海」を見に行ったことがある。二〇一三年十一月末、一年間のドイツ留学が始まって少し経った頃、私はゲッティンゲンからハンブルクへ向かう列車に乗り込んだ。暗い霧の朝、朧に連なる街や森の中を列車は走る。窓の向こうに広がるのは、冬の初めに特有の、一日の輪郭を曖昧にするような重たい灰色だった。濃淡や明暗など、灰色にもさまざまな表情があると、気づくようになった頃のことである。

　ハンブルクに海はない。北海に至るエルベ川が市内を流れるこの街は、港湾都市と呼ばれるが、実際は一〇〇㎞ほど海から離れた土地に位置している。それでも電車を降りた時、寒さの中に水の気配を感じた。ドイツの乾いた冷たさは、身体を透明に通り抜け、痛みに似た感覚をもたらす。それに対し、水気を含む寒さは仙台の冬を思い起こさせ、街を覆う灰色もどこかしっとりと柔らかな印象をまとっていた。

海から遠い北の水の街。そこにあるハンブルク美術館で、静かに凍りつく「冬の海」に会うことができる。白い天井と深く影を重ねたような木の床、そして淡い灰色の壁という穏やかな曇り日のような美術館には、カスパー・ダーヴィト・フリードリヒの油彩画を幾つも掛けた展示室がある。中でも冬の気配を湛えているのが、〈氷海〉（一八二三／二四年）という風景画だった。一面に広がる凍りついた海と、廃墟のように立ちはだかる氷塊の山。青ざめた白と灰色に満ちた世界に、人の気配は見られない。氷塊の陰に難破した船と思しき残骸があるだけで、辺りを占めるのは冷たい死の静寂なのかもしれなかった。

十九世紀ドイツ・ロマン主義を代表する画家カスパー・ダーヴィト・フリードリヒは、静謐でどこか現実を遠ざけるような風景画を数多く制作している。彼の隔絶した自然風景は聖性を帯びつつも、見る者の内に遠くこだまする哀しみの気配を漂わせる。彼は海の情景を含む絵を多く描いているが、〈氷海〉が表すのは、人が立ち入れない沈黙そのもののように思われた。

画家フリードリヒにとって、氷は死の記憶に続くものだったという。十三歳の冬、凍った川でスケートをしていた時、彼は氷の割れ目に落ち、一歳下の弟の手によって助け出された。しかし、弟は代わりに冷たい水に飲み込まれ、命を落としてしまう。背景となる逸話を知っているために、〈氷海〉の孤絶した風景を見ると、これはひとつの記憶の肖像画ではないか、と考えてしまうのだ。絵の中に彼の弟の姿はない。それでも、画家の内には、深く氷と冬の記憶が刻まれているのではないだろうか。

十一年目の三月十一日が静かに訪れ、私もまた遠く離れた東北の海の情景を思い浮かべた。時間も空間も離れた場所を想う時、今もインターネットで間接的にその映像を追い求めるしかない。かつて訪れた石巻や松島、岩沼の二ノ倉海岸、荒浜の海とそこに続く風景を探しては、記憶の内に横たわる絵を呼び起こす。この地に暮らし、その光景を目に映す人たちにとって、海はやはり誰かの肖像を重ねたものなのだろうか。過去に沈む無数の青の断片をかき集め、パズルのように組み立てられる風景的肖像。しかし、青を並べる度に、必ず灰色と黒の映像も交じり、あの凍える三月の印象が重なってしまう。

この三月の記憶は、フリードリヒの絵と画家の眼差しに遠く結びつくのだろうか。〈氷海〉の絵の中で、尖った大きな氷の断片は、石の廃墟とも錯覚させ、それを積み上げた山は墓碑のようにも見える。そこに天から静かに光が差し込み、冬の海は仄明るく照らし出されている。その柔らかな気配は、海や過去の肖像に続くひとつの祈りであるのかもしれなかった。

（二〇二二年三月二十二日）

鳥の季節に

三月の終わり、夏時間が始まった頃から、昼が夜を押しやるようになってきた。夜八時過ぎにようやく陽が沈み始めるが、長い夕暮れはどこか白の印象をまとっている。地平線に太陽が差し掛かり、空が温かな橙と黄金といった色彩に占められようとも、引き延ばされた黄昏までの時間は、コローの絵画に見出せるような、夢想的で柔らかい色合いを帯びている。

春は鳥の声が溢れる季節だ。仙台は大通りに立ち並ぶ樹木が天蓋を作り、山に囲まれているので、鳥の声がこぼれるように響き渡る。鶯や山鳩などの春告げ鳥の囀りは、独特のリズムを伴うために、耳はすぐに聴き分けることだろう。ドイツでは「アムゼル」と呼ばれるクロウタドリ（またの名を黒つぐみ）が、春になるとその声で空気を震わせるようになる。この鳥の雄と雌がまとう色彩はまったく異なり、雄は艶やかな黒い羽に、橙か明るい黄色の嘴《くちばし》という鮮やかなコントラストを見せる。それに対し、雌は暗褐色の羽に、黒みがかった嘴を持つその姿は、雀を思わせるところがあった。

アムゼルの声は、透明感と哀調を帯びた美しさに満ちている。時折、眠れないまま夜を過ごすと、夜明け前にこの鳥の声を耳にする。柔らかに歌う声は、暗い青に包まれた窓の外をひっそり流れ、遠く小さく見知らぬ物語を語り続ける。どこかもの思わし気で、哀しみのこもった静かな声。仙台で耳にした春鳥たちの声が、長閑な間を紡ぐものだとすれば、こちらは春の憂鬱を湛えているのかもしれない。暗い青を貫く憂鬱さは、美しく眠りの縁をなぞり、この声を耳にする度に春の印象が変わってゆく。

見慣れない鳥とドイツ語の名前を照らし合わせると、必ず頭の中でそっと顔を出す鳥がいる。二〇二〇年の夏、イェーナの旧市街で不思議な鳥との邂逅があった。夕暮れ時の散歩の途中、公園近くのアパートの生垣のそばで小さく蹲る鳥を目にした。頭と翼は茶色く、白い胸元は淡い茶の波模様が走る姿。鳥の知識など穴だらけな私の目にも、それは幼いものというのは明らかだった。すぐに携帯電話で写真を撮って、野鳥に詳しい友人に送ったところ、ハイタカだとの答が返ってきた。おそらく巣立ったばかりだが、飛ぶ力がまだ十分ではなかったのだろう、と。街の中で見かけることは珍しいというその鳥を、残して去ることはできず、友人が野生動物管理事務所と連絡をとってくれることになった。

ハイタカという名前から思い出すのは、アーシュラ・K・ル＝グウィンの『ゲド戦記』である。その中で、賢人であるゲドは自身の通り名として、「ハイタカ」と名乗っていた。本を読んだ時、姿形を知らない鳥の名称に、自由で囚われないものという印象を重ねていたと思う。しかし、目の前にいる鳥は、黒々と丸い目をこちらにじっと凝らし、小首を傾げたまま動こうとはしない。翼があるにもかかわらず、地面に繋ぎ止められている。

しばらくすると友人から連絡が入り、親鳥の姿は近くにないか、と尋ねてきた。周囲を見回すと、二軒離れた家の屋根に見慣れない大きな鳥が視界に入ってきた。近くの樹木の陰に身を潜ませると、待ちかねていたように鳥の影が静かに舞い降りた。幼鳥は喉の奥から、小さな笛に似た声を甘えるように転がし、親鳥と共にゆっくり石畳の上を跳ねて遠ざかっていった。

あの夏から時間がかなり経った頃、友人からザーレ川近くで撮ったという写真を見せられた。深い森の緑を切り取った写真には、鋭利な輪郭の鳥が写っている。それはハイタカだ、と友人は言う。かつて幼鳥を見かけた場所と離れていないので、同じ鳥なのかもしれない。そう望む私の視界には、優雅な力強い翼を持つ鳥ではなく、黒い目を向けたまま、小さく動かない姿が今も留まり続けている。

（二〇二二年四月二十六日）

味覚をなだめる

ひどい風邪をひくと、途端に舌が子供じみた振舞いをするようになる。熱でコントロールの利かなくなった感覚は微妙に浮足立ち、身体から幾つも風船が飛び出したかのように心許ない。私の場合、なかでも味覚が厄介なものとなるのだった。熱で鈍った舌は、慣れ親しんだ味を記憶から呼び起こそうとする。何年もドイツで暮すうちに、こちらの食べ物の名前と味の印象が結びつき、遠く離れた日本の味覚が疼いても、上手くなだめすかせるようになっていた。しかし、病気ともなると、舌も胃も弱々しくも執拗に、梅干し入りのお粥など淡白で柔らかな味を求めてくる。

風邪の時は、お粥か雑炊、うどんを作ろうと、食品棚にゆるゆると手が伸びる。北向きの台所は陽が射さないために、青白い影にいつも覆われている。青の濃淡だけで描かれたような場所に、出汁の匂いが静かに広がると、台所が暖かな色彩を淡く帯びるような気がするから不思議だ。ところが、私を柔らかく包み込む香りも、一部のドイツ人には不評で、魚臭いと顔をしかめられることも珍しくない。

身体の調子が悪いと、積み上げてきた味覚経験の順番が、大きく入れ替わるような気がする。普段の好みや慣れが後ろに押しやられ、感覚的に近くなる食事もあれば、逆に遠ざかってしまうものもあるはずだ。イタリアのフィレンツェに留学していた知人から聞いた、味覚の違いに関する話が忘れられない。寮住まいだった彼女が風邪で寝込んだ時、心配した寮母さんが消化によい食事を作ってくれたことがあったそうだ。茹でたパスタにバターを絡め、パルメザンチーズをふりかけた料理。風邪にはこれがいちばん、と微笑むイタリアの人にとって、それは「お粥」のようにとてもシンプルな病人食だったのだろう。申し訳ないけれど、リンゴしか口にできなかった、と知人はその時のことを思い出しては、少し困ったような笑みを浮かべていた。

ドイツで風邪の際によく口にするものとして、ハーファーフロッケン、チキンスープ、ツヴィーバックの名前が挙がる。ドイツ語のオートミールに当たるハーファーフロッケンを牛乳で煮込み、刻んだリンゴやバナナを和えたものが、こちらでは「お粥」扱いされている。加えて、バターや油を使わず調理するチキンスープもまた、胃に優しい病人食として馴染み深い。そして、見た目も味もラスクによく似たツヴィーバックは、治りかけた

頃、子供がよく罹っているとのことだ。

ある時、風邪が悪化して何日も寝込んでいると、同居するCがオートミールや軽いスープをこしらえてくれた。オートミールは、本の中では幾度となくお目にかかってきたが、味の方は全く想像のつかない食べ物のひとつである。子供の頃から、読書を通して味わってきた柔らかな響きの名前。パン粥に似た味のそれは、食欲よりも好奇心を満たしてくれた。

また、病気の時のスープと言えば、思い出すのがドストエフスキーの『罪と罰』だった。老婆殺しの後、神経性の熱で倒れたラスコリーニコフを、友人のラズミーヒンが看病する場面がある。女中のナスターシャが運んできたぬるいスープをスプーンですくっては、彼は真剣に息を吹きかけて冷まし、病床の友人に飲ませていた。その描写から、ラズミーヒンという人間の朴訥な優しさやお節介ぶりが伝わってくるだろう。そのために、読んでいるこちらの口の中までじんわり暖かくなった気がするのだ。もしラスコーリニコフがこのスープをもっと早く口にしていたら、熱に浮かされた思考を引き戻すことができたのだろうか。

病気になると、味覚は遠くて近い場所に戻ろうとする。仕舞い込んでいた味の記憶に潜り込み、しばし休息をとった後、回復した舌は現在の感覚を取り戻してゆく。その時には風邪は治っており、飛び出した風船的な感覚は、再び身体の内に収まっているのだ。

（二〇二二年五月二十四日）

柘榴地図

ドイツで暮し始めてから、私の舌は柘榴《ざくろ》に並みならぬ執着を見せるようになった。日に褪せたように古びた赤の果実を手にし、厚い皮にナイフを入れると、黒ずんだ赤い透明な粒が見えてくる。びっしりと詰まったそれをこそげ落とすうちに、白い皿の上に赤の断片がぱらぱらと重なってゆく。陶器の白と果実の赤、その二つが作り出す冴えたコントラスト。実を剝く度に、指の腹は渋で薄黒く染まってしまうが、それでも紅の蒐集を止めることはできなかった。時には果実まるごとではなく、透明なプラスチック容器に入った柘榴の粒をスーパーで買うこともある。それは、子供の頃に憧れの眼差しを向けた、鮮やかな紅のビーズの小瓶を思い起こさせた。

日本にいた頃、口にする機会がなかったために、柘榴は私にとってモチーフ的な意味合いが強いものだった。キリスト教の絵画では、十五世紀イタリアの画家ボッティチェリの

〈ザクロの聖母〉をはじめとして、柘榴を手にする聖母子像がよく取り上げられている。絵の中の柘榴は、キリストの受難と復活を表しているとのことだった。

このテーマでまず思い出す作品と言えば、ボッティチェリの師であったフィリッポ・リッピの〈聖母子と聖アンナの生涯〉(一四五二年頃)である。複雑な構造の室内に身を置き、聖母子が甘やかながらも物憂げな様子で腰を下ろしている。半分に割った柘榴を二人の手が支え、そこから幼いキリストの小さな指が赤い粒を摘まみ上げる。彼らの背景に描かれているのは、聖母マリアの誕生を巡る一場面だった。聖母の過去と現在という二つの時間が流れる絵の中、幼子の無邪気さと聖母の憂鬱そうな眼差しが、柘榴と共に美しく浮かび上がっている。

柘榴を好んで口にするようになってから、その果実を彷彿とさせるものを見つけ出す癖がついてしまった。それは模様や色彩だけではなく、時には建築物の構造に重ねられることもある。どうやら味覚ばかりではなく、視覚的にも執着するようになったらしい。

しかし、コロナ禍が始まると、別の意味で柘榴の印象と出会うことになる。ドイツの新聞 Zeit(ツァイト)のウェブサイトで、感染規模の情報が全国地図という形で提示されるようになった。街ごとに破線で区切られた地図の上で、感染の規模は色彩ごとに表される。白、灰色、薄い黄色、橙、赤、紅と赤みが深まるにつれて、感染の規模は大きくなり、最も感染者が増えている場所は黒ずんだ赤に染められる。街にカーソルを当ててクリックすれば、すぐに現時点でのデータと、これまでの数値の移行を示すグラフが現れる仕組みだった。大都市を覆う重たい赤から赤へと移動する度に、頭の中をかつて訪れた街の名前が通り過ぎる。やがて時間の経過と共に、小さな街まで赤く熟れてゆくのだった。街や行政区ごとに細かく区切られた赤の断片は、柘榴の粒がひしめき合うさまにあまりにもよく似ていた。

この二年半、赤のモザイクは色褪せて灰色になったかと思えば、急に熟したように赤みを強めていくことを繰り返してきた。移動制限のあった期間、家から出ないまま、私は憑かれたように赤い粒が並ぶ地図をクリックし、赤に飲み込まれた街の名前をなぞり続けた。しかし、大半は耳に馴染みがなく、目に新しい見知らぬ場所のものである。旅をして印象を作り上げる代わりに、街の名前は赤の濃淡と共に記憶されてしまう。今はようやく移動が自由になってきているものの、熟れた柘榴の地図はまだしつこく私の頭の中にぶら下がっている。

（二〇二二年六月二十八日）

洪水ワイン

海から遠く離れた場所に馴染むにつれて、私の中で川が深く切り離せないものとなってきた。バルト海に面したドイツ北部の沿岸地域を除けば、大半の人は川のある光景を身近なものと感じているようだ。確かに、海の記憶を引っ張り出そうとすると、印象派の絵画のように色彩が輪郭を越えて溢れ、どこか遠く曖昧なものとなってしまう。しかし、水辺の風景として川の存在感が静かに大きくなると、その性質の違いまでが鮮やかな印象となって立ち現れてくる。イェーナの緑に包まれたザーレ川、ハイデルベルクのネッカー川の上を水鳥が飛び交う光景、ケルンで目にしたライン川の滔々とした流れ。その写真的な印象に紛れて、仙台の広瀬川と七北田川の切り取られた記憶もまた流れ込んでくるのだ。

川は風景の一部であるだけではなく、生活とも深く結びついていた。ライン川やネッカー川の両岸には、船舶やボート、ヨットが連なるように停泊し、日に何度となく船がゆっくり航行するさまが見られる。幾つもの街を繋ぐ水の道。それと同時に、ドイツの川沿いの地域の多くは、葡萄の栽培とワインの生産とも深い繋がりがあった。土地の環境や土の性質によって、ワインもまた個性的な味覚の肖像性を帯びてくるからだ。

しかし、川と暮らしが密接に結びつくドイツでは、洪水の記憶もまた深く刻み込まれてしまうのだった。二〇二一年七月十四日から十五日にかけて、ヨーロッパ北部を大雨が襲い、ドイツ西部ではライフラインの停止や、道路や線路の崩壊などの大きな被害に見舞われた。特に、ラインラント・プファルツ州のアール川流域の被害が甚大で、氾濫した川が町や集落をのみ込み家屋は破壊され、亡くなった人の八割以上がこの地域に集中したという。さらに、この流域一帯は、シュペートブルグンダーという赤ワインの産地としてよく知られている。洪水は街のみならず、葡萄畑やワイン醸造業にも壊滅的な痛手をもたらしたのである。アール川両岸の急斜面には葡萄畑が広がり、ワイン醸造所も数多くあった。しかし、低地の葡萄畑や製造用の機械、樽などが全て濁流にのまれ、時間を重ねてきた味もまた失われてしまった。

このニュースを耳にした時、ドイツに暮らす日本人の知り合いはみな、東日本大震災の津波を思い出したという。建物が全て浚われ、瓦礫と泥だけが残された光景から、かつての街の姿は浮かび上がってこない。そして、昨年のほぼ同時期に起きた静岡県熱海市の土石流災害もまた、アール川流域の大洪水の映像と重なった。

洪水の後、醸造所の地下貯蔵室に寝かせてあったワインの多くが回収されたそうだ。水に漬かったものの中身が無事だった瓶は、「洪水ワイン」として売られるという。瓶の表面やラベルに白茶けた泥水の痕が残っているが、流されず生き延びたワインを、被災したワイン醸造家への支援のために、多くの人たちが先を争うように注文したそうだ。

しかし、一年経った現在でも、アール川流域の復興は進んでいない。街は荒れ果てたま、ワイン醸造家は周辺地域の醸造所の設備や手を借りて懸命に働きかけているが、かつての光景や製造が再生するには、おそろしく時間がかかるだろう。現在は、熟成に長い時間の必要な赤ワインではなく、長く置かずに飲めるロゼや白ワインの生産に取り組んでいるそうだ。

震災後の東北の沿岸部でも、牡蠣養殖業が再興するまでに時間がかかったことを思い出す。海と川にのまれた二つの離れた場所で、かつての状態を取り戻すために動き続けてきた姿、そして今も動き続ける姿は、写真や絵画的な印象に留め置かれることのない、生々しい現実のままなのだ。


（二〇二二年七月二十六日）

ネッカー川両岸に広がるハイデルベルクの街

遠い海に浮かぶ影

海の上に真っ直ぐ延びる木の道。バルト海に面したグレーミッツの砂浜から沖に遠く続く桟橋に足をのせると、ああ潮の匂いだ、と思わず声がこぼれた。旅の同行者であるCもまた、嗅覚の追憶に身を委ねている。次第に濃くなる潮の香りは、穏やかな海が視界を占めた途端に全身を包み込み、身体の奥から遠い海の記憶をも、そっと摘まみ上げるように引っ張り出した。

Cの口から、子供の頃夏を過ごした北海に浮かぶ小さな島の情景が語られると、それに呼応するように、私の中にある宮城の海沿いの街の印象があふれ出す。かつて目にした風景は全く異なるものであっても、遠く離れた海は、潮の香りという嗅覚のノスタルジーによって、回想という絵画の形に繋ぎ合わされてゆく。

グレーミッツという海辺の街は、ドイツの北部、リューベックから三〇㎞ほど離れた場所にある。海水浴場として名の知られた街は、十九世紀初めまでその歴史を遡ることができる。

薄いベージュを帯びた白い砂浜には、日本語にすると「浜籠」という名の、日光浴用の木のベンチが列をなしている。日差しと風除けの白いカンヴァス地の幌のついたそれは、トーマス・マンの描く北ドイツの光景を思い起こさせた。薄手の白い夏服を身にまとった避暑客が、今にも椅子から立ち上がり、足跡を残すことなく過去の海へと歩き去りそうな雰囲気がそこにはあった。

少し離れた船着き場には、白いヨットや小型船舶が並んでおり、奇妙なほど浜辺は白の印象に包まれていた。その淡い色合いのためなのか、潮の香りは肌にまとわりつくことなく、私の輪郭や肌をさっと撫でては通り過ぎてゆくだけだ。

しかし、そんな海辺の淡い印象を壊すのがカモメだった。この白い海鳥は驚くほどふてぶてしく振る舞い、狭い通りの真ん中で彫像のふりをし、自転車や散策者の邪魔をしてはしぶしぶ避け、手の届く距離に佇んではこちらを意地悪くみつめてくる。さらには、砂浜でピクニックをする家族連れを狙い、子供の手からパンをひったくって悲鳴を上げさせたりもしていた。泣き出す子供と、帽子を振り回してカモメを遠ざけようとする大人の姿。そんな奇妙な一幕劇が、静かな海辺のそこかしこで繰り広げられていた。

子供の頃、同じようなことがあった、とCは語り出す。お菓子を奪われた上に、その後もずっとカモメにつきまとわれたとの話だった。カモメと言えば、青の中に鮮やかに浮かぶ白の気配という印象を抱いていたが、それは風景画を前にした鑑賞者という適度な距離があればの話だ。距離が縮まれば、白い鳥影はしつこい追跡者にもなる。

木の桟橋を進むうちに、翠や淡青の透明さを帯びていた海の色は次第に濃くなり、荒削りな表情を湛えるようになる。砂浜に押し寄せる波音とは異なり、海の声は足元から直に身体に響く。桟橋の行き止まりで海に目を凝らすと、視界に入ったのはうっすらと浮かぶ遠い向こう岸だった。

バルト海は内海であるために、天気が良ければ一五㎞離れた場所を見ることができる。その菫色の陰影を見つめるうちに、自分のいる場所もどこか曖昧になる感覚がした。向こう岸から見れば、私の立つ場所もまたぼんやりとした影に過ぎないだろう。遠くを眺めたり、遠いものを思い描いたりすると、「今」や「此処」と自分の間の繋がりが解け、透明になってゆく気がする。空と海の青に溶け込むように、あえて曖昧なままにしておくことで、誰か、あるいは何かとの関係性から一時的に離れてみるのもいいのかもしれない。

柔らかな影たちの繋がりを思い描きながら桟橋を戻る時、白い鳥影がさっと現れ、手にしていたパンの袋を狙ってきた。とっさに袋をかばうと、少し離れた欄干から海鳥は厭な眼差しをこちらに向けてくる。カモメの追跡が始まるね、とCはのんびりと笑い出した。

（二〇二二年八月二十三日）

香りの色彩画

空気に透明感が増すと、街や森の中に柔らかな金色の気配がないかと思わず探してしまう。夏の暑さに疲れ、少し褪せた緑の葉を垂らす街路樹の間を通り抜け、イェーナの旧市街に入ってしばらくすると、リキュールを扱う店舗の前に出る。大きな一面ガラス越しに、金や琥珀、蜂蜜色、飴色などを閉じ込めた瓶がひっそり並ぶのを目にするが、そこに私が探し求める色合いは見当たらない。それでも、くすんだ灯りが照らす店内を眺めては、遠い時間の向こうにある色彩と照らし合わせてしまうのだ。

秋が始まる頃、金と橙の色合いが記憶から甘やかににじみ出す。身体にまとわりつくほど濃密ながらも、透明な哀しみを帯びたそれは、金木犀の香りを表す色である。目で捉えることができなくとも、九月の終わり近くなると、香りは仙台の空気を淡く染めてゆくのだった。

ドイツで出会うことのない花のひとつに、金木犀がある。こちらの土地でも、ある季節になると香りを奏でる植物は多く、植物園を訪れれば、香りの強い花や花灌木を目にすることができる。特に五月は、植物の香りが華やぐ季節だ。道端や森の近くに白く群れる鈴蘭から、青を底に忍ばせたような爽やかな香りが漂う。あちこちの家の庭で薔薇が咲き誇ると、眩暈がするほど甘い香りが辺りを満たす。さらに森の中を歩けば、野生のハーブの匂いが小さな針となって、鼻の奥を突いてくることもある。このような香りは、花やハーブの姿形と結びついているため、くっきりとした輪郭を伴ったまま、記憶から呼び出すことができる。

それに対し、金木犀の香りは、静かな気配そのものだ。小さな橙色の十字形の花は、葉の影に隠れるように集い、決して華やかに目立つ姿をしていない。しかし、指先で触れて毀れた途端に、こぼれてきた香りに包み込まれてしまう。花が見えなくても、香りの存在感は鮮やかだ。それは忍びやかにこちらに近づき、そっと肩に手を置いて呼びかけてくる類のものだ。そうして、いつの間にか水にも似た甘い気配に、心が囚われているのかもしれなかった。

この香りから思い出すのは、十七世紀フランスの画家ニコラ・プッサンの描く空の色である。彼の絵の中で、見晴らしの良い風景や鬱蒼とした森の上に、夕暮れへと傾きつつある空が大きく広がる。水色や淡い菫色の空に、薔薇色や金色、薄墨色が重ねられ、雲の向こうにある光によって、これらの彩りが花開いてゆく。

私の内で、九月の仙台を満たす香りは、バロック絵画の色彩が音楽的に連なる夕暮れ時と深く結びついている。かつて日曜日になると、私は飼い犬と一緒に夕方の散歩に出かけていた。走り回るのが好きな犬は、金木犀の通り道を突き進む度に、薄茶色の背中に点々と橙色の小花模様をつけてゆく。地面に転がる彼を促して、私と犬は甘い金色を帯びたバロック絵画の中を通り抜けていった。空の色彩は移ろい、やがて東の方に藍色の宵闇が下りてくる。そちらへひたひたと歩く犬の静かな足音と、小さな白と茶色の姿に、金木犀の香りが重なる。涼やかな空気に香りは甘く溶け込み、程よく薄められて、夜の気配と混ざり合う。濃厚な香りは柔らかに空気で割られると、どこか物悲しいものとなり、草むらからこぼれる虫の声と共に、ひとつの季節が背を向けたことを伝えてくるのだ。

遠く離れた花の気配を、ひとつの季節に縫い留めたまま、私は今年も九月をくぐり抜けてゆくのだろう。少しずつ透明に冷えてゆく空気のどこにも、金木犀の柔らかな香りは見当たらない。だから、黄昏の空を覆う色の詰まったリキュール瓶をガラス越しに眺め、甘やかに絵画的な香りを思い出そうとする。

（二〇二二年九月二十七日）

人形の居る街

春になると、彩りの増えた街に、彼らが静かに姿を現し、その微笑が日差しに移ろうのを目にするだろう。教会や市役所の前で、石畳の敷き詰められた広場や淡い緑がこぼれる公園内で、あるいは緩やかに流れる川のそばで。時には、カフェやレストランの屋外テーブルに腰を下ろし、街角に佇んだまま、人や車の流れを見つめていたりする。昼夜関係なく、彼らは一人で、もしくは集団で小さく切り取られた時間の中に閉じこもっている。重たい夏の暑さが和らぎ、秋の気配が涼やかに漂う頃、彼らは馴染んだ風景に別れを告げ、一斉に姿を消してしまう。その時、街の中には、静かな空白が残されてしまうのだ。

ドルトムントから列車で一時間ほどの場所に、レーダ＝ヴィーデンブリュックという街がある。二つの街が統合したその場所を、歴史が厚い毛布となって覆い、旧市街には装飾的な木組み建築の家が立ち並ぶ。ランゲ通りに並ぶ木造の家は、古くは十五世紀まで遡り、壁一面に細かな彫刻と彩色が施され、遠目には端正な寄木細工とも見えた。建物に近づけば、浮彫の聖人や天使と目を合わせ、金色に塗られた木文字の格言をゆっくりたどると、彩色写本の中に入り込んだような印象を受けるだろう。それに見惚れているうちに、奇妙に淡い視線を感じて目を向けると、そこには人影が気配を感じさせずに佇んでいる。柔らかく時を止めた姿に気づく度に、思わずぎくりとしてしまう。

ヴィーデンブリュック側の旧市街には、「季節性の住人」と私が呼ぶ人々がいる。彼らの正体は等身大、もしくは一回り大きい彫塑像であった。毎年春になると、彫塑像はヴィーデンブリュック内のそこかしこに設置される。この展覧会は、今年は四月一日から九月十八日までの約半年間にわたって行われ、九十体以上の人物像は住人に紛れて、何気なく日常を織り成していた。今はすでにどこかに仕舞われ、彼らは長い冬眠の内に沈んでいるのかもしれない。

この古い歴史が重なった街には、毎年増える人形たちの時間もまた留まっている。彼らはふっくらとした輪郭の内に、柔らかな色合いをまとい、穏やかな表情をたたえている。目の前に座る犬に餌を与える女性、結婚式の集合写真のために列を成す人々、カメラを構える男性、眩しげに目を細め、日光浴する女性たち、歌う修道女、散策する夫婦、人待ち顔の老人。彼らは美しい特別な日曜日を満喫するかのように、それぞれのやり方で、額縁

ヴィーデンブリュックの「季節性の住人」たち

のない絵画の中をのんびりと過ごしている。

「Alltagsmenschen（日常の人々）」。この季節性の住人を作り上げたのは、クリステル・レヒナーと彼女の娘ラウラ・レヒナーである。この二人の彫塑芸術家は、ヴィッテンという街にアトリエを構えている。クリステル・レヒナーは一九九六年以来、ヴィーデンブリュックやその周辺の街のために、日常から切り取った人々を象った彫像を手がけ、二〇一七年からは親子で共同制作を始めている。

人形が踊り、ベンチに腰を下ろし、互いに微笑を交わして会話する街。ここを歩き回る度に、私は彼らをヴィーデンブリュックの住人と見間違え続ける。静止するその姿も、街の緩やかな時間に違和感なく溶け込み、非日常性を感じさせることはない。彼らのいる場所だけが場面として区切られることはなく、街全体が一つの人形舞台か、絵画空間であるかのように振る舞っているのだ。

細い月が鋭く空に引っかかる夜、散歩帰りに教会前を通りかかった時、宴をする集団と出くわした。白いテーブルクロスに覆われた長い卓を囲む人々は、夜の静けさに凍りついたまま、無言で食事を楽しんでいる。思いがけない場面を前にして、ごとごとと驚く私の心臓の音は、この人形の街の時間を動かす発条《ぜんまい》の軋みに似ているのかもしれなかった。

（二〇二二年十月二十五日）

中庭の踊り手

ハイデルベルクの三階にある下宿の窓から、小さな中庭を見下ろすことができる。青白く震える樹木と、赤い葉の生垣で彩られたそこは、密やかな舞台といった雰囲気を漂わせていた。枯葉の詰まったガラスの花瓶や、椅子の上に伏せられた本、食べかけのケーキの載った皿、石畳に転がる青い林檎。静物画めいたその光景は、誰かの訪れを待ち受けているようにも見えた。人待ち顔の舞台装置も、やがて開演となる芝居の中で、重要な役割を果たすのだろう。奇妙な小物が視界に入る度に、登場の足音を期待するようになった。

ドイツの街は、中庭や路地など、ささやかな空間を至る所に隠し持っている。通りに立ち並ぶ古い建物の正面扉の奥には、湿った匂いのする小さな廊下が延び、その先にもう一つ扉がひっそりと佇んでいることがあった。それをくぐり抜けると、四方を壁に囲まれた中庭や、影を澱ませた細い路地にたどり着く。住人の共有スペースであるそこは、忘れられ見捨てられた場所であるかのように、時間が滞っていることも珍しくはない。

この「舞台裏」の存在を知ったために、街歩きの途中で通用門や細い横道を見つけると、誘われるように足を踏み入れてしまうことが増えた。その向こうに横たわるものは、描かれるのを待つ絵画のように、思いがけない表情を湛えているような気がする。大抵の場合、そこは駐輪する自転車で混み合い、プラスチックのごみ箱がいくつも置かれているだけだ。しかし、時折奇妙な光景に出会うことがある。水面に緋色の花びらと魚の影が漂う緑の池、舞台の終わった後のような空っぽのテラス、ドガの踊り子めいた姿勢の樹木と枝に幾つも下がった靴下、白い花だけがあふれる花壇と壊れて転がったままの揺りかご。しかし、夢の断片にも似た情景を前に、望まれない登場人物である私は、いつもそっと踵を返すことしかできない。

子供の頃、夢中になった本のひとつに、フランシス・バーネットの『秘密の花園』がある。土に埋まった古い鍵、駒鳥に導かれてたどり着いた扉、深い眠りについたままの庭園……と、モノクロームの世界に少しずつ淡く色を乗せられてゆくかのような展開に息をのんだ覚えがある。忘れられたものを見つける過程も、それをまた自分以外には秘密にすることも、何かを深く静かに知るためには大切なことなのかもしれない。子供だった私は、密かにそう考えていた。

そのような隠れた場所が、実際に舞台化した瞬間に行き当たったことがある。九月のある日、友人のアパートを訪ねた。重なり合う緑で息苦しい中庭を通り抜けていたところ、視界を茜色がさっとよぎった。見れば女性がひとり、背を丸めた樹木の間でしなやかに踊っている。ヴィム・ヴェンダースが手がけた、舞踊家ピナ・バウシュの映画のように、そこには身体を限界まで操った不思議な踊りがあった。音楽は流れていないのに、彼女は力強く旋律を空中から引き出し、それを身体にまとわりつかせては弾き返している。腰に巻いた薄いショールの茜色が、女性の動きと合わさって鮮明に際立ち、視覚的な音楽を作り上げていた。

しかし、目の中に軌跡が刻まれるほど印象的だったその踊りだが、時間が経つにつれて、踊り手である女性の姿はどんどん淡く解けてゆくのだった。彼女の背格好も髪の色も、木洩れ日に浮かび上がった顔立ちも、頭の中からほとんど消え失せてしまっている。女性の姿が透明になるにつれ、逆にその動きや身のこなし、リズムは鮮やかになる一方だった。

緑に微睡む舞台の踊り手。彼女の肖像は、記憶の中でいつしか純粋な運動になってゆくのかもしれない。そのためなのか、思いがけず出会った異質な時間の断片は、今でも時折頭の隅で茜色に翻り、不思議なリズムへ私を誘い込もうとする。

（二〇二三年十一月二十二日）

火の色をしたもの

三年ぶり、という言葉が影の中からこぼれてくる。一度のみならず幾度も、火の粉が弾けるように、その響きは通り過ぎる私の耳をかすめていった。黒く騒めく人影の間から、小さな白い雲が笑い声と共に飛び出すが、すぐに雪の柔らかな欠片に紛れ込んでしまう。黒い緞帳めいた夜の中、待ち合わせ人を探して、同居者のCと私は歩いていた。辺りに佇む人影は、かがり火やランプに一瞬顔を浮かび上がらせては影に沈んでゆくため、探し人の姿を見つけ出すのは、思いがけず難しいことだった。

十一月の終わり、イェーナの街でも再びクリスマスの市が開かれることになった。去年と一昨年、コロナ禍のために、市の開かれる場所は空白を寂しくさらしていた。しかし、今年は冬祭りが姿を現したことで、誰も三年ぶりの市の雰囲気に身を浸している。小屋風屋台や小さな遊園地、中央に立つモミの木の周りで、テューリンゲン風の肉料理やスパイス入りのワインを手にする人たちは、華やいだ声を上げて空っぽだった冬を埋めようとしているかのようだった。

待ち合わせ場所は、十四世紀まで遡るヨハニス門という市外壁近くだった。ほの暗いその一角には、古い時間が寄せ集められたように、祭りは中世風の趣向が凝らされていた。電球の装飾は抑えられ、代わりにかがり火やランプが辺りを照らし、古めかしい書体で書かれた看板が並ぶ。奥まった場所に設置された射的で使われるのは、古風なスタイルの木の弓矢である。小さな木の舞台から古楽器の演奏が流れ、屋台の売り手もまたどこか古めかしい装いをしていた。イェーナのクリスマスの市のもうひとつの顔。揺れる火影に浮かび上がるそれは、遠い時間を重ねて装っている。

見つけた、と笑みを含んだ声を上げたのは、待ち合わせていたシュミットさんだった。耳慣れた声色ですぐに彼女と分かるが、顔はあまりよく見えない。この場所を柔らかく覆う黒い紗に彼女もまた包まれ、どこかあやふやなものと感じられた。あなたたちの姿が見えたと思えば、すぐに別の人になって現れる、と笑う彼女の言葉から、私たちもまた正体が定かではない影だったと気づく。

黒い人だかりが途切れた先、鮮やかに光が閃いては影を色濃くする場所がある。そこに構えているのは、鍛冶屋のブースであった。無骨な太い枝を組み合わせた柱に、白い帆布が張られ、ぶら下がる鎖や縄の先には、細工物が詰まった籠が揺れている。林立する丸太の上に並ぶ道具類は、火の明かりを受けて、ぬらりとした光沢を浮かべていた。

実演場では、濃い鼠色の長い上着風前掛けをした人が、赤く熱した金属を鎚で叩いていた。鎚に打たれる度に、火の色を帯びた金属は高い澄んだ声を上げ、火の粉を宙にまき散らす。黒い鉄鍋に入った水に漬けられれば、蒸気と共に唸り声がとび出し、熱く熾した炭火の中ではぶつぶつと独り言をこぼす。金属はとてもお喋りだ。その言葉は、辺りを包む夜を照らしては、影を色濃くしてゆく。

ドイツ語には、鍛冶屋にまつわる不思議な諺がある。「誰もが自分の幸福を作る鍛冶屋である」。意味は「幸福は自らの手で築くもの」とのことだが、幸福が金属に譬えられることがとても面白いと感じた。熱と冷たさという極端な状況に繰り返し投じることで、ようやく姿を現すもの。手が扱うものは様々あるが、パン種でも木材や布地でもないそれは、火の色をたたえては、冷え冷えと硬く形を整えてゆくのだ。

黒く鈍い光沢に満ちたナイフや匙、装飾品が並ぶ売り場では、シュミットさんがそのひとつを手に取って熱心に眺めている。彼女の姓「シュミット」もまた、鍛冶屋が語源であった。そんな彼女の手の中、誰かが打ち出した幸運めいたものは、火影をうけて瞬くように光る。

（二〇二三年十二月二十七日）

走り回る寿司

なだらかに広がる雪と氷の上に、魚の切り身が幾つも並んでいる。鮭や鱒、海老などといったいつもの顔ぶれに交じって、珍しく鰈《かれい》の姿があった。イェーナの中心近くにあるスーパーの魚売り場は、目で味覚を楽しむ場所だ。値段が高いので横目に通り過ぎるだけでも、記憶の襞に染み込んだ魚の味が引っ張り出されてしまう。そんな時は舌をスクリーンに変えて、味を淡く投影してみる。

ドイツでは、魚料理が好きな人は決して多くない。海から遠いと、魚も燻製や冷凍のものが当たり前となって、鮮魚にお目にかかる機会は減ってしまう。ところが、寿司だけはいつも人気で、魚が食べられるから健康的な料理、という印象が強いようだ。スーパーでも寿司のパック詰めが並び、クレープ屋の感覚で巻き寿司売り場がある。当然のことながら、寿司レストランも多い。セットメニューに日本の女性の名前がつけられていた時は、英語のハリケーンのように、寿司は女性名詞扱いなのだろうか、と思わず考え込んでしまった。

　ゲッティンゲンにいた頃、友人たちに回転寿司レストランに連れて行ってもらったことがある。寿司好きの人と魚嫌いの人という極端な組合せで訪れたのは、隣町のカッセルにある一見、中華料理店風の建物だった。赤と黒、金色の装飾が施された店の「東京ランニング・スシ」という名前には、フルマラソンを連想させる響きがあった。

　店内の回転レーンはおそろしく長く、かつ密やかに動く。肝心の握り自体はサーモンか海老かマグロしかなく、あとはアボカドやカニカマの入ったカリフォルニアロールが皿に載ってしずしずと姿を現す。しかし、レーンの上を動き回る皿の多くは、餃子や小籠包の他、様々な脂っこい肉料理や揚げ物を載せていた。魚嫌いの友人は、ひたすらそれに手を伸ばす。試しに、提灯めいた形の揚げ物の皿を取ってみたら、狐色の皮の中から冷たいバニラアイスがあふれ出した。中華風、韓国風、ヴェトナム風の料理が次々に流れ、店内の奥にチョコレートの噴水まで置かれている。地元のマラソン大会だと思ったら、国際大会だったようなものである。

　子供の頃、初めて訪れた回転寿司の店で、えんがわとの衝撃的な出会いをしたことを思い出す。回ってきた皿に見慣れない白い薄片を見つけ、脂でほんのり薄く光るそれを口にした。甘やかに柔らかく解ける味。それに恍惚として、回転寿司にゆく度にえんがわの皿を重ねた。問題はその魚の名前が、しばらくは分からなかったことである。正体不明の白身の君。柔らかな口当たりと謎めいた存在から、ひとまず「怪盗紳士」と呼ぶことにした。というのも、当時読んでいたアルセーヌ・ルパンを主人公とする本の中で、怪盗紳士と称される彼が、令嬢や婦人相手に口当たりの良い言葉を並べていたからだ。今でもえんがわは大好物だが、ルパンの魅力は相変わらずよく分からない。むしろ、回転寿司で供されるお茶のような味わいのブラウン神父の方が好ましい。

ドイツに来てから、えんがわの刺身と出会うことはない。だから、あの味を思い出したい時は、森茉莉の『貧乏サヴァラン』にある平目の刺身の描写を繰り返し読む。薄い薔薇色や薄緑がかった白い透明な刺身を、醬油と大根おろしにとっぷりつけて、ご飯を小さくくるんで口にする。その細やかな描写に半ば身を差し入れて、記憶の中の味を楽しむのだ。

しかし、記憶に沈む味は鮮やかに思い出せるが、魚の名前の方はだんだんと印象が曖昧になっている。寿司につけられた日本の街や花、人の名前。それを魚の名前よりも頻繁に目にするので、味と名前の感覚がずれてきているのかもしれない。そのせいなのか、イェーナの「タケシのラウンジ」という寿司レストランの前を通りかかる度に、友人が大切にするタケシという名の盆栽ばかりが思い浮かぶ。

（二〇二三年一月二十四日）

青と黄色の子供

風が柔らかく通りを吹き抜けると、視界に淡く二つの色が翻った。四月の空を思わせる静かな青とひまわりの花びらのような黄色。その二色をまとうウクライナの国旗が、通りに面した窓やバルコニーからぶら下がり、手を振るように小さく揺れていた。それを眺めるうちに、二つの色彩は記憶の中で子供の姿をとってゆく。

七年前の冬、ゲッティンゲンの語学学校で、ロシアから来た人と知り合いになった。母方の親戚がウクライナの北部にいるという彼女は、ある時小さな従妹の写真を見せてくれた。水色の毛糸の帽子に明るい金色の髪を肩に垂らした少女。十歳になったばかりだという少女は、笑みをこぼしつつも少し澄ました表情をたたえていた。

二〇二二年二月二十四日、ロシア軍が国境を越えてウクライナに侵攻して以来、ドイツの街の至る所で青と黄色を目にするようになった。通りや広場に集まるデモの参加者は旗を掲げ、同色のスカーフを首に巻く。アパートや店舗の窓、病院の待合室の壁にも、ウクライナの旗を描いた紙が貼られた。

天然ガスをロシアに頼るドイツでは、冬の暖房費の急な値上げという知らせに誰もが頭を悩ませ、ウクライナの海上封鎖で輸出が困難になると、スーパーの棚からひまわり油や小麦などが一斉に姿を消したこともあった。やがて国境を越え避難してきた人たちがドイツにも次々と到着し、その受け入れがすぐさま始まった。

夫Cが働く会社の同僚に、ルスランさんというウクライナ出身の人がいる。ドイツで就職した彼には、ウクライナ西部の都市リヴィウ付近で暮らす家族や親類がいる。戦争前、教師である妻と中学生の娘に会いに、クリスマスや長期休暇の度にルスランさんは東へ向かった。

ロシアのウクライナ侵攻が始まっても、彼の家族は街に留まっていた。そして、ルスランさんは家族の元へ行きたくても行くことができない。ウクライナに戻ったら、男性は出国できなくなるからだ。そのまま連絡をとり続ける以外、安否を確認するすべはなかった。

戦争が始まって二か月が過ぎた頃、五月の初めにこの二人が避難してくることになった。四月十八日、ロシアのミサイルが四発撃ち込まれ、七人が亡くなったからだ。ルスランさんはすぐにポーランドの国境近くの街クラカウへ車で向かい、二人が乗った列車を待つことになった。無事再会できて、イェーナに三人で戻って来たよ。本当によかった、とCは私に言った。しばらくすると、二人ともそれぞれ故郷の学校のオンラインの授業に参加するようになり、少しずつイェーナの生活に慣れていったという。

しかし、今年の初め、ルスランさんの家族のことをCに尋ねると、二人はもうウクライナに戻ったという答えが返ってきた。西部はまだ大丈夫だから、との話だった。戦争はまだ終わっていないのに。私の言葉にCは静かに口を開く。侵攻前からずっと脅威にさらされ、ロシアがクリミア半島を併合した頃はもう日常に戦争の影が落ちていたんだよ。

ウクライナ侵攻以来、ロシア領空を航空機が入れなくなったために、日本への一時帰国が難しくなってしまった。しかし、空の下に広がるウクライナの地では、占領された街から逃げ出すことも、国境を越えることもはるかに困難な状態に陥った人たちが大勢いるのだ。

青い毛糸の帽子から金の髪をのぞかせた子供。顔を合わせたことのないルスランさんの子供は、私の中ではかつて写真で目にした少女の姿となっている。しかし、ウクライナのニュースを目にする度に、記憶の中の子供の顔から笑みが失われ、灰色の廃墟の写真が重なってゆく。その時、その顔に向かおうとする言葉を見失ってしまうのだ。だから、呼びかけようとする声だけが、いつも小さくこだまする。遠い青と黄色の子供たちへ。

（二〇二三年二月二十八日）

記憶の黒い痕跡

エルベ川越しに見るドレスデンの旧市街は、黒の印象をまとっている。鮮やかな日差しを投げる空の下、石造りの建物のそこかしこに見える黒は、影とは異なる重たい色合いをしていた。ココアやきな粉を思わせる石の色にそぐわない黒。橋を渡って近づけば、そのくすみの正体が明らかとなる。ドレスデン大空襲の痕跡だったのだ。街をのみ込んだ火災の煤は、今も消えることなく留まる。壁の装飾はべったり覆う黒に隠れ、石像の煤まみれの顔に浮かぶ表情も曖昧で捉えにくい。この黒を拭い去ってしまうことはできない、とドレスデンに住む友人が教えてくれたことがある。街から消せば、記憶からも消えてしまうから。

同じような言葉を耳にしたのは、遠い時間と場所でのことだった。二〇一一年の四月の終わり、私は宮城県美術館でボランティア活動に参加していた。大学の研究室の連絡網を通して、「文化財レスキュー」に関する情報が回ってきた。津波にのまれた石巻文化センターの美術品や史料を救い出し、まずはその応急処置を行うとのことである。各地から駆けつけた美術館職員や修復家だけでは人手が足りず、美術に携わる学生の参加も求められた。

柔らかな陽気の中、美術館の外に青いビニールシートが広げられ、そこに美術品や史料が置かれる。長らく海水に浸かったためにその多くは変色し、黴や傷を帯び、白い鱗のようなものが表面を覆い尽くしていた。パルプ紙だ、と説明される。近くの製紙工場から流されてきたそれが、展示品にこびりついたとのことだった。

絵画・彫刻班は、まず作品に生えた白い苔を取り去ることから始めなくてはならない。東北芸術工科大学の文化財保存修復学科の人たちに教えてもらいながら、私も手にした刷毛を動かしてゆく。白の覆いが剝がれると、絵画や彫刻の素顔がようやく見えてくるが、同時にそこに刻まれた破壊の傷跡も浮かび上がってくる。海水の湿り気を残した油彩画や木の彫刻。津波で流されてきた瓦礫がぶつかったため、彫刻の中には抉れるような傷がついていたり、折れて内側が剝き出しになったりしたものもあった。

長い時間の中で作品が損なわれ、空白を抱えてしまうことがある。震災の前年にドイツを訪れた際、ある美術館で目にした菩提樹の聖人像もそのひとつだった。五百年近く前に彫られたその手首から先が、もぎ取られたように失われ、消えた透明な手は対の彫刻へと差し伸べられている。しかし、その先にいるはずの人物像はほぼ破壊され、脚と服の襞だけが不在の肖像としてわずかに残るばかりだった。

四月の光にひっそりと痛ましい傷跡を浮かべる木の彫刻。古い聖人像が重なるそれも、細部が流され、すでに大きな空白を抱え込んでいた。でも、この傷を完璧に消し去るようなことはしないんです。作業のやり方を教えてくれた修復科の学生さんは、そう教えてくれた。災害で作品が傷を負った時、どこまで修復の跡を残すか考えなくてはならない。作者の声に従い、作品の形を取り戻しつつも、刻まれた記憶を消さないために、痕跡は残しておくんです。この震災を作品の時間の中でなかったことには、決してできないから。

遠く耳にした言葉を、ドレスデンの街の中で視覚的に思い出す。空爆でほぼ全壊したフラウエン教会は、再建後の今も、壁に無数の記憶の痕跡を留めている。黒く煤けた門や装飾。そして、柔らかな白やきなり色の石に交じる黒の断片。奇妙な模様やデザインとも見えるそれは、焼け跡に残され集めておかれた石材たちの沈黙の言葉なのだ。空爆の記憶の痕跡として、白の中に浮かび上がる黒は、かつての三月の痕跡を眼の中に、そして記憶の中に静かに浮かび上がらせる。

（二〇二三年三月二十八日）

ラ・カンパネラの庭

ゲッティンゲンの街の北の外れ近く、色彩を織り込んだような小さな庭がある。そこに暮らす緑の親指集団が、植物カウンセラーとして、幾度となく私の鉢植えを救い出してくれた。「緑の親指を持つ」というドイツ語の言い回しがあるが、園芸に素晴らしい手腕を見せることを意味している。それに対し、私の親指は壊滅的なまでに緑色を欠いていた。

鉢植えの贈り物は、常に私を怯《ひる》ませてきた。丹念に世話をしているはずなのに、植物は次第に弱ってゆく。バレエ「瀕死の白鳥」の踊り手のごとく、静かに地に倒れ伏す緑。水やりの回数を変えたり、鉢の置き場を求めて日なたと日陰を行き来したり、栄養剤を買い求めたり色々とやってはみるが、手を出せば出すほど状況は悪化するばかりだった。気がつけば花も葉も色褪《あ》せ、全体的に茶色く疲れきっている。鉢植えが息も絶え絶えの有様になると、すぐに私は通りを幾つも挟んだ先にある家を訪ねた。

そこには三人の女性が、深々と緑が呼吸する庭と共に暮らしていた。一軒の家をシェアする女性たちは学校の教師、事務所勤め、ライターと生業《なりわい》は異なるが、庭いじりを好むという点が共通していた。そして、彼女たちはこぞって緑の親指の持ち主であり、私が持ち込む瀕死の植物を迎え入れては、消えかけた色彩を取り戻してくれた。

この緑の親指集団の共同庭園は、春になると乳白色や金色の鈴であふれかえる。雪の気配が残る二月から、夏の匂いを漂わせ始める五月にかけて、鈴や鐘の名を持つ花が次々と姿を現す。色彩を欠いた二月には、ドイツ語で「雪の鈴」と呼ばれる待雪草（スノードロップ）、空気から棘が抜け落ちてゆく頃に別名が「三月の鈴」であるスノーフレーク、昼が長くなる四月以降は「復活祭の鐘」のラッパ水仙、そして「五月の鈴」であるスズランと、鈴が鳴り響くように花は咲き誇る。白から始まる鈴の群れは、音の余韻が消えうせないうちに、途切れることなく色濃くなる緑の中に湧き上がってくるのだった。後から別の響きがかぶさるその咲き方は、リストの「ラ・カンパネラ」のオルゴール演奏を思わせる。小さな鐘楼に下がる白い鐘の奥から、涼しげな金属の旋律がこぼれ、冬から春へと季節を通り抜けてゆく。

待雪草とスノーフレーク。一見するとよく似たこの二つの白い鈴を、春の兆しだと考える人が多い、と緑の親指のひとりがある時教えてくれた。春告げ鳥よりも早く、雪と見紛う白い花は季節の先触れとなり、地面に小さな鈴がさんざめく頃、空気が温《ぬる》み出すとのことだ。

あなたにとっての春告げの花は？　そう問われた時に、私の頭の中に広がったのは、眩いばかりの黄色だった。仙台にいた頃、近くの自然公園を通り抜けるたびに、三月から四月にかけて灌木に光が灯るのを眺めてきた。まだ枯れ色に占められた場所に、光が溜まるように咲くそれはレンギョウの花であった。微かな色彩は重ねられるうちに気配を深め、やがて鮮やかに金色の笑い声を上げる。記憶の内にある遠い場所では、重なる色彩こそが、春だと密やかに告げていた。そして、そこでは光にけぶる花によって、冷ややかな空気は柔らかく丸みを帯びる。この光溜まりのような花の別名は、ドイツ語で「金の鈴」というう。

ゲッティンゲンを離れ、春告げの白を目にするたびに、私の中で二つの鈴の音が響くようになった。一つは、緑の親指集団の庭に咲く、さまざまな鈴の名を持つ花。もう一つは、記憶の中のレンギョウ。その二重の色彩は時に混ざり合い、時に呼応し、オルゴールめいた音を立てる。それが耳を掠めるこの春もまた、私が貰った鉢植えは萎れ、重苦しく黙ったままだった。

（二〇二三年四月二十五日）

デビュー作『貝に続く場所にて』の舞台にもなったゲッティンゲンの街

彫像的な説得

きなり色の壁、その高い位置にあるくぼみに、小さな聖母子像がすんなりと佇んでいる。白い石彫りの聖母は、幼子キリストを柔らかに抱きしめ、人影のない通りを眺めていた。彫像の置かれた壁龕は二階と三階の間に穿《うが》たれ、窓から簡単に手を伸ばして触れることのできない場所にある。それにもかかわらず、聖母子像の足元は、いつも鮮やかな色彩の花で飾られていた。

ドイツの古い建築物の外壁には、石の人間が貼りついていることがある。雨や雪に晒され、時には汚れてまだらに黒くなった姿は、優美ながらもどこか憂鬱そうな風情をたたえている。その類の彫像は、聖堂や教会の内外を飾るだけではない。戦前の建物の玄関や軒下、外壁のフリースや柱から、誰かの肖像や胸像、時には全身像がひょいと覗いている。その下を歩いて目を上げると、すぐに石の眼差しとぶつかってしまうのだが、建物の住人は忙しそうに出入りするくらいで、石の人間を気に留める様子は見られない。こうも頻繁に視線が合うために、朝夕の挨拶や「昨夜の雨は沁みましたか?」「世知辛い世の中ですね」など、天気のことやささやかな愚痴などを、彫像相手に思わず口にしかけることもあった。

私の中で人と彫像の境界が曖昧になりがちなのは、アグリッパと過ごした時間のせいなのかもしれない。物心がつく頃、私のそばには石膏像の白い存在が密やかにあった。絵を勉強したかった母は、若い頃お金を貯めて美術全集と一緒に、デッサン用の石膏像を手に入れた。白く沈んだ表情をたたえた胸像。あれは誰? 私の問いかけに、「アグリッパ」と母は奇妙な響きの名を返してきた。古代ローマ帝国の初代皇帝アウグストゥスの腹心だったという素性はずっと後になって知ることになるが、子供の私の目にはどこか憂鬱そうな人がいる、とだけ映っていた。さらに、童話世界の法則に慣れ切っていたために、彼はただ長い静止状態にあるだけで、何かの拍子で人間に戻るのだろう、と思い込んでいたのである。

アグリッパにとって、小さな子供のいる環境は面白いものではなかったはずだ。隙あらばべたつく手を伸ばし、ひんやりした白を撫で回そうとする。クレヨンという厄介な化粧道具もある。母に固く禁じられていたからこそ、彼を包む白は何とかそのまま守られていた。しかし、ある時、ベレー帽騒動に彼は巻き込まれることになる。

幼稚園の入園式前、制服一式が届いた。そこには紺色のベレー帽が含まれていたが、それを私は激しく拒絶したのである。その頃、私の周りには、得体の知れない恐ろしいものが溢れていた気がする。肌にくっきり写った畳目の跡、図鑑にある人体図の無感動な顔つき、歯の間で嫌な音をたてる脂身、シーツについた黒っぽい染みなど、感覚的に耐えられないものが山ほどあったが、そこに新たにベレー帽が加わったのである。正確に言えば、てっぺんの短い紐部分、それが不安の根源であった。ベレー帽を被らない、と泣く私の説得は上手くいかず、困り果てた両親はアグリッパを味方につけることにした。

問題の帽子は石膏像の頭に載せられ、両親はそろって猫撫で声で、わざとらしく彼を褒め称える。小さすぎる紺の帽子を斜《はす》に被るアグリッパ。全く似合っていないその姿に、白々しく両親の感嘆の声が重なる。今ならばすぐに可愛らしいベレー帽姿の写真など、手軽にインターネットから探し当てられるが、比較対象として引っ張り出せるのが、憂鬱な面立ちの石膏像しかなかった頃の話である。

その後の経緯は不明だが、写真の中、無事に帽子は制服姿の私の頭に収まっていた。そこで母と幼い妹と並ぶ私は、のんびり笑みを浮かべている。説得の功労者であるはずのアグリッパの姿はどこにもない。ただ、ベレー帽姿の石膏の人の何とも言い難い表情だけが、記憶の中に今も白く焼きついている。

（二〇二三年五月二十三日）

建物の外壁に貼りついた石の人物像

ハレの街、ケの街

ハレの街は祝祭の白い影を帯びている。どこか落ち着かず、赤い靴を履いたように足が勝手に踊り出しそうな感覚と言えばいいだろうか。遠いざわめきまで耳には特別な響きをまとって届き、口の中では歯がかちりとリズムをとって、喉の奥から華やかな楽器の声があふれかける。非日常に飛び込もうと助走するうちに、気分は白く熱に浮かされ、それはそのまま場所にも映し出されてしまう。そんな微熱めいたものを、私は街の中から感じていた。

ザーレ川沿いにあるハレ（ザーレ）は、イェーナから鈍行列車で二時間ほど、州境を越えたその先にある。駅舎を出ると、旅の同行者であるCは、盛岡みたいな雰囲気、と唐突に言い出した。ハレの駅周辺には、旧東ドイツの頃に建てられたビルが幾つも肩を並べている。ガラス窓が規則正しく配置された直方体。それは日本の古いオフィス街や団地などを連想させるので、景色は見慣れた服のように違和感なく視界に収まってしまう。場所というより時間が目に馴染みやすいために、過去がセピア色に立ち上ってくるのだ。

しかし、Cの目の中で、過去は青く重なり合っていた。初めての盛岡での旅行で、駅舎から足を踏み出した時の光景を思い出す、とCは言う。雨上がりの空が湛える潤んだ青。それを映して、街もまたきれいに拭ったように青みを帯びていた。ハレの街を訪れたこの日、頭の上に広がる空は、明るく穏やかな表情をしている。しかし、奥行きはあまり感じられず、そのべったりとした絵の具じみた具合が、Cの街の記憶を呼び起こしたのだった。

セピアと青。この二色を被せた旧東ドイツの街並みを通り抜けてしばらくすると、石や漆喰塗りの建物が続き、旧市街に入ったと分かる。そして、その頃から街全体がぼうっと白く光を帯び、淡い色合いがパン種のように膨らみつつあった。柔らかな卵色や白の建物が並ぶ路地裏、古びた時間をまとう市場や通り、水の代わりに蔦を這わせた噴水、風鈴のように小さなランプを吊るす窓を連ねたアパート。そのいずれでも、影が時折動くばかりで、朝早い街は閑散としている。そこに祝祭の期待に似たうねりが、緩やかに流れ込んでくる気がした。

それを煽るのが、遠くから微かに流れる音楽だった。途切れがちのそれは、祭りに似つかわしい華やかさを帯びている。しかし、たどり着いた先にあったのは、がらんとした小さな広場だけで、思い描いていたような屋台の並ぶ祭りの光景はなかった。

広場の中央には、賞味期限の切れた菓子箱のような回転木馬だけが置かれていた。クリームめいた飾りが目立つ馬や馬車だが、よく見ればどれも色がはげかけ、歯痛を堪えるような軋みを回転の度にこぼす。おそろしくゆっくり回るそこに、誰かが乗り込もうとする様子はなく、小さな料金所で年老いた男性がうたた寝をしているばかり。無人のまま回り続ける回転木馬に、誰も目をくれないまま急ぎ足で通り過ぎてゆく。

広場を後にしても、音楽は街の至るところから思いがけずこぼれてくる。操り人形にヴァイオリンを弾かせる街頭演奏家、白いアパートの開け放した窓から流れるピアノ曲、美術館の一角から聞こえてきた聖歌。耳に届くそれは、どこかわびしく、近づいても距離が埋まることがない。そのために、街の奥へと迷い込むような感覚がつきまとう。

それは街の名前のせいだろうか。「ハレ」と聞けば、頭の中ですかさず「ケ」という言葉が飛び出し肩を並べようとする。祭りなど非日常を表す言葉は、そのまま街の名前に重なるために、この街には二面性があるような気がしてならなかった。

祝祭的なハレの街と、穏やかなケの街。歩き続ける足元から、さらにハレはどこまでも白く延びてゆく。音楽に惑わされ浮足立ちながらも、Cと私は街のもう一つの顔を探し続ける。

（二〇二三年六月二十七日）

書物神殿のどこかに

古書店には、古いパラフィン紙めいた肌触りの空気が漂っている。書棚の入り組む空間で誰かが本を開く度に、すぐに破けそうな脆い音がこぼれ、薄暗い店内を小さくざわつかせるのだった。ハイデルベルクの大通りに面した古書店の中、橙色の照明は壁を埋め尽くす本を鈍く、どこか眠たげに照らしていた。その一隅で本の背に目を走らせるLは、残念、と小さく呟いた。先月から同じ顔ぶれで、私のお目当ての本はないみたい。そう肩をすくめる彼女と知り合ったのも、やはり古書店だった。ある日、十五世紀ゴシックの画家シュテファン・ロッホナーの画集を天井近くの棚の中に見つけ、踏み段を使っても手が届かずにいたところ、彼女が代わりに取ってくれた。シュテファンはシュテファンでも、私が探しているのとは別人ね、と表紙を見て彼女は微笑む。古書店の常連であるLは来る度に、シュテファン・ツヴァイクの『人類の星の時間』を探すとのことだった。

オーストリアのユダヤ系作家であったツヴァイクは、ナチス政権の台頭後、イギリスを経てブラジルに亡命し、第二次世界大戦が終わるより前にその地で自殺した。彼の代表作の一つが、一九二七年に発表された『人類の星の時間』である。Lの大伯父さんの愛読書だったというそれを、古い本の壁の中に彼女はいつも探していた。正確に言えば、大伯父さんのものだったかもしれない本である。その度に、私の頭の中に立ち上るのが、六年前にカッセルで目にした書物神殿だった。

ドイツ中部にある都市カッセルでは、五年ごとにドクメンタという国際的な現代美術展が開催される。第二次世界大戦が終結してから十年後の一九五五年に始まり、それ以来続くこの展覧会は、時代を反映するテーマのもと、政治や社会問題に焦点を当てたメッセージ性の強い作品が集まってくる。六年前の二〇一七年のドクメンタは、移民や金融危機、検閲などをテーマにした作品が展示された。

その中心となるフリードリヒ広場に、鈍く輝くモザイク風の神殿が聳え立つ。鉄製の足場が建築物の外郭を作り上げ、それを透明なビニールが幾重にも厚く覆っている。中には、さまざまな言語の本が組み込まれていた。「本のパルテノン神殿（Parthenon of Books）」。アルゼンチンの現代美術家マルタ・ミヌヒン氏の作品だというそれは、かつて検閲を受けた本や、現在禁止されている本が十万冊寄付されて構築されたものだった。

カッセル・ドクメンタの「本のパルテノン神殿」

西洋の民主主義の象徴とされるパルテノン神殿。それを形作る検閲本は、言論や思想の自由を観る者に考えさせるのだろう。作品の展示舞台となった広場は、一九三三年ナチスによってなされた焚書の跡地であったからだ。

あの時、神殿内を歩き回りながら、ビニールを透かし、奥に眠る本のタイトルを読み取り続けた。見知ったタイトルや作家の名前が浮かび上がる度に、それは時間の繭に閉じ込められ冬眠しているかのように目に映る。円柱の下部、『不思議の国のアリス』、『タイムマシン』、『アンネ・フランクの日記』に囲まれて、ツヴァイクの『人類の星の時間』もあった。ユダヤ系作家であった彼の本もまた、かつて禁書リストに上がっていた。

Lの大伯父さんは、最後までツヴァイクの本を手放さなかったという。簞笥の裏にあった壁の割れ目の奥、そこに他の本と一緒に隠していたそうだ。しかし、戦争末期に彼は病死し、本は空襲で家もろとも焼けて失われてしまった。大伯父さんの秘密を知っていた祖母からその話を聞いて以来、Lはツヴァイクの本を探し続けている。古書店で『人類の星の時間』を見つけては、存在しない大伯父さんの本のささやかな痕跡を、過去からの声を彼女の目は追い求める。だからこそ、ビニールの奥で目にした書物こそが、Lの大伯父さんの守ろうとしたものではないか、と今も彼女の姿に神殿が重なってしまうのだ。

（二〇二三年七月二十五日）

投影された星巡り

白い円蓋の下で、夜の訪れを待つ。壁から天井へとなだらかに続く白は、よく見れば小さな凹凸で微かに波打っている。その曲面を目でなぞると、布地の光沢に惑わされ、遠近感を失ってゆくような気がした。やがて卵の殻の内を思わせる空間から、次第に明るさが失われる。白がしぼんで緩やかに灰色から青へと沈み、夜が始まろうとする。同心円状に並ぶ青い座席の一つで、私もまた機械が映し出す星の時間に目を凝らしていた。

私の暮らすイェーナは、プラネタリウムと深い結びつきがある。一九二三年にこの街で、世界で最初の光学式プラネタリウム投影機が製造されたという。この製造に携わっていたのが、イェーナから始まった光学機器製造会社カール・ツァイスであり、その後も改良されたツァイス製投影機が、日本の天文台や科学館にも導入されてきた。そして、一九二六年にはプラネタリウムが開館し、歴史的建造物となった現在でも、星をちりばめた夜を映し出し続けている。

　イェーナの中心部近くにある植物園の裏、そこに「ツァイス・プラネタリウム」は静かに佇んでいる。煉瓦色の壁に、ドーリア式の白い柱の備わった神殿めいた外観に、大きな深緑色のドームが目印となって、樹木の間から姿をのぞかせる。この施設は博物館も兼ねていて、展示パネルからプラネタリウム館や投影機の発展の流れを追うことができた。

　子供の頃、天文学や星座にまつわる神話といったものに深くのめり込んでいたため、宇宙や惑星、星座の図鑑を大事に読み返していた。同じように、ギリシャ・ローマ神話の本も、表紙がはずれてばらばらになるほど、ページをめくることを止めなかった。そうして、古い星の逸話をなぞり続けてきたのである。

　プラネタリウムもまた私の好きな場所の一つである。街灯の光で白く遮られた夜空の奥の広がりを、遠くでさざめく星の声を垣間見ることのできる空間。仙台市天文台のプラネタリウムを幾度となく訪れて、真昼を頭から締め出し、かりそめの夜の中に身を置いてきた。投影機が映し出す天のもと、私の身体は暗闇に溶け込み、ひたすらに星の言葉を読みとろうとする目だけになる。

　星と結びつく忘れがたい場所の一つに、市地下鉄広瀬通駅の地下通路が挙げられる。半円を描く天井と壁を覆うステンレスに白く描かれた星座と、星の位置に所々埋め込まれた

ツァイス製のプラネタリウム投影機

灯り。柔らかな照明に合わせて、オーロラを思わせる色合いが湾曲した壁面に漂い、銀の表面は靄を帯びたように鈍く光る。この短い星の回廊を初めて目にしたのは十歳にもならない頃だったが、幻想的な夜の空間に佇んだ時の静寂と浮遊の感覚は忘れがたく残っている。成長してこの駅をよく利用するようになると、どんなに急いでいても、小回廊に差し掛かる度に、目の要求に引きずられて足の速度は落ちてしまうのだった。

星を瞬かせる夜空に惹かれるのは、その静寂のためなのかもしれない。点を繋ぎ合わせた線に神話が形をまとわせ、天には星の物語があふれる。しかし、どれほど多くの星が空を賑わしても、それと向かい合う時に見つめてくるのは、声や言葉の向こうにある沈黙であった。想像を超えた距離から届く光は、あまりにも静かであるからこそ、言葉は用をなさないのだろう。そして、そのような沈黙が無性に欲しくなる時は、夜を湛えるプラネタリウムを訪れる。そこでは言葉から身を離し、身の内を静寂で満たすことができるからだ。

イェーナのショッピングモールには、旧型のプラネタリウム投影機が置かれている。そこを訪れる度に、引退した投影機と目が合ってしまう。ガラス天井の下、鈍い青で塗装された球体状の装置は、密やかに時を止めている。その大小の丸いレンズの奥にはなおも、遠い空間と静寂の言葉が閉じ込められているのかもしれなかった。

（二〇二三年八月二十九日）

角パンたちの秋

浅い眠りの中、突然奇妙な木琴の旋律が降り注いできた。誰かが面白がって、木の鍵盤にマレットを滑らせているような音。朝もまだ灰色に寝ぼけているのに、音楽性のない木琴の音は執拗に夢を叩いてくる。

泊まり客用の部屋から眠気を引きずって出てくると、友人のKが朝食用のミルク角《つの》パンを籠に並べているところだった。調子はずれの木琴の音について訊けば、おそらくギュンターの仕業だ、との答えが返ってきた。彼女のアパートの裏庭の木にリスがすみつき、屋根やテラスを走り回るとのことだった。ギュンターと名づけられたリスのために、住人たちは彼の冬用の食糧貯蔵に協力し、クルミやアーモンドなどを与えているという。

ドイツ語でリスはEichhörnchenと書くが、ここには「オークの木Eich(e)」と「小さな角Hörnchen」が隠れている。そして、この二つ目の言葉には「角パン」という意味も含まれていた。パン屋には、クロワッサンと同じく三日月形のパンが「ミルク角パン」や「バター角パン」と名乗って並んでいる。一方、パン屋とは無縁の「オークの角パン」は、「骨折りつつもリスは自らを養う」ということわざに姿を現す。冬に向けて食糧を集めるも、小さな体でこなせる量に限りがあることから、この言葉は「石の上にも三年」の意味でよく口にされている。

ゲッティンゲンにいた頃、私のドイツ語の会話練習にもリスはよく登場した。ある日、語学学校からの帰り道、大きなモミの木の下を通りかかったところ、肩先をかすめるように松ぼっくりが落ちてきた。驚いて顔を上げると、枝からこちらをうかがうものと目があった。赤茶色の大きなリスである。通常ならば、こちらが気づいたそぶりを見せるだけで、野生の小動物はすぐに身を翻すのだが、当のリスはしばらく平然と見下ろした後、ふいに背を向け濃い緑の中に消えていった。

そのどこか孤独な身のこなしに、レイモンド・チャンドラーの小説の探偵フィリップ・マーロウと重なり、ハードボイルドなリスと呼ぶようになった。当時、語学練習として、夕食のたびに同居人のCとさまざまなテーマで話をしていたが、このリスも話題に加わることになったのである。それ以降も何度か松ぼっくりの襲撃に遭い、ある時などは近所の水路に佇むリスを目にしたことがある。柵の上から、水の流れが複雑な模様を描くのを眺めるその姿が印象深く、Ｃへ報告する私のドイツ語もおかしな形で膨れ上がっていった。普段使いしない単語が語彙として増えたのは、このハードボイルドなリスのおかげであるかもしれない。

もう一つ忘れられないリスの逸話として、トーベ・ヤンソンの『ムーミン谷の冬』が挙げられる。冬眠中に目を覚ましたムーミントロールが、見慣れぬ白の世界を体験する美しい物語だが、この中にそそっかしい子リスを巡る場面がある。忠告を忘れたリスは、冬の化身である氷姫と邂逅し、その愛撫によって命を失ってしまう。リスの亡骸を目にした時、ムーミンは声を震わせながらこう口にする。「すくなくとも彼は、死ぬまえにうつくしいものを見たのだ」。

この部分を初めて読んだ時、血が引くように全ての音が遠のいていったことを覚えている。どうして、こんなにもすごみのある言葉が、美しくも淡々と語られているのだろう。感傷的と捉えられかねない言い回しも、孤独な白さと哲学的な風味のある物語の中だからこそ、その鮮烈な印象は角となって胸に刺さり続けるのだ。

朝食の皿の上には、ミルク角パンが置かれている。ギュンターの話を続けるＫの声に耳を傾けつつ、赤茶色の皮つきパンを手に取るととても温かく、勝手に命を持って動き出しそうな気配があった。今年の秋は早く来たから、とＫも角パンを手に取る。あっという間に過ぎて、すぐに長い冬が来る。Kのその言葉の向こう、もう少し静かな方に耳を澄ませてみたが、木琴の音はもうどこにも聞こえなかった。

（二〇二三年九月二十六日）

翻訳家の小部屋

十月が終わる日、通りに並ぶ家の玄関先で、あるいは庭の垣根越しに、火にちらめくにやにや笑いを目にする。目鼻の形にくりぬかれたかぼちゃ提灯の笑み。足早に夕闇が辺りを包めば、蠟燭の火は橙色の野菜の笑みをなお鮮やかなものにするだろう。その頃になると、街の中では、奇妙な面や装飾的な衣服をまとう人たちのそぞろ歩きが始まる。仮装者のお喋りや笑い声が夜を縁取り、その上に被さるように教会の鐘が重たい声で寂しく歌う。

教会にさしかかると、扉の奥から遠く深くあふれるパイプオルガンの響きが耳を覆う。秋の街を騒めかせる人影と声の間を通り抜け、空にまだ微かに明るみの残る方へ足を進め、私は家路につく。後ろからひたひたと押し寄せる、静かな夜の水にも似た気配を感じながら。

十月三十一日と聞くと、ハロウィンを思い浮かべる人が多いだろう。ドイツではこの日、もう一つ宗教改革記念日が重なる。一五一七年、ヴィッテンベルクという東寄りの小さな街で、ある修道士が教会の腐敗に対する批判的な見解をまとめた意見書を、聖堂の扉に釘で打ち付けた。

マルティン・ルターのこの行為が、小さな火花となって爆ぜ、各地に燃え移り、カトリックの総本山であるローマまで飛び火することになる。ヨーロッパ全体を巻き込んだ火の流れ。その始まりの日を記憶に留めようと、プロテスタントの割合が多い東部の州で祝日となり、教会では特別なミサが行われる。

この改革者の名前は、新約聖書のドイツ語訳と切り離すことができない。当時の聖書はラテン語訳に限定されていたので、読むことができたのは聖職者など限られた人々だけだった。そのため、翻訳を通して、近代ドイツ語の基盤が作り上げられたと言われている。ルターが撒いたドイツ語の種をゲーテが育てた、という言い回しがあるくらいだ。

聖書の翻訳作業に使われた部屋が、アイゼナハのヴァルトブルク城にある。小高い山の頂に沿って連なる白や褐色、砂色をした石造りの建物。時代や様式の異なる内部には、聖女伝説にまつわる黄金のモザイク画の間や、詩人の歌合戦を描いた壁画で飾られた広間など、城館に縁のある人の姿や気配が留められている。

その中に、ルターが聖書を翻訳した部屋も含まれていた。白の漆喰で塗られた天井の低い渡り廊下を、木の床を軋ませながら抜けたその先には、それまで目にした美しい装飾的な空間とは異なる小部屋が佇んでいる。

木の壁や天井がむき出しの表情を晒すそこには、机や椅子、箪笥、陶器の暖房器具を除けば何もない。窓から弱い光が差し込むものの、そぎ落としたように簡素な部屋は、青い影を帯びて寒々しく見えた。

一五二一年、教会から破門され、皇帝の勅命により異端者とされたルターは、ヴァルトブルク城に匿われることになる。社会的に追放となれば法は保護してくれず、安全のために名前と外見を変え城館に身を隠していた。そんな状況下で、ルターは新約聖書の翻訳を進めてゆく。

狭い小部屋で机の前に腰を据える時間は、ただひたすらに言葉と向き合うものだったはずだ。飾り気のない部屋だったからこそ、目も耳も何かに気を取られることなく、言葉がむき出しになり、その骨格や肉、神経といったものと相対することができたのではないだろうか。あの何もない部屋は、翻訳家と言葉の対話のための空間だったのだろう。

家で小説を書く時、私は居間の食卓にノートパソコンを置いて使う。奥深くにある声が聞き取りにくくなると、自分だけの静かな部屋が欲しいと心から願ってしまう。そんな時、ヴァルトブルク城の翻訳家の小部屋を思い浮かべるのだ。すると、私の内にある孤独になるための場所が、透明な輪郭を伴ってにじみ出てくる。そして、寒々しい青い影が忍び寄るのを待ち、白く硬い言葉の骨のある方へと手を伸ばす。

（二〇二三年十月三十一日）

ヴァルトブルク城内の「ルターの部屋」

トルコ菓子行進曲

モノクローム映画の中を歩いてゆく。十一月の冷ややかな空気はレンズのように澄み渡り、街を包む閉塞感を灰色に映し出す。秋が冬に傾き始めると、イェーナの街は古い映画を思わせる佇まいを示すことがある。曇り日のもと、通りも家並みも妙に単調で、終わりなく続くものと見えるのだ。そんな時、似た顔をさらす街は、思いがけず厄介な迷路となる。

途切れなく続く曇天模様の下、プリンターを借りるため、私は友人のインガのアパートを目指していた。憂鬱な天気に影響を受けたのか、自宅のプリンターは沈黙したまま反応しなくなった。近くのコピーショップは長引く改装工事で、すでに二か月以上閉まっている。そこでインガの家のそれを借りることにした。在宅ワーク中だった彼女は電話の向こうで了承した後、午後三時という時間を指定する。路面電車から降りた私は道を見失いかけ、その度に鞄を撫でては、買ったばかりの菓子箱がそこにあることを幾度となく確認した。

旧市街の近く、大通りに面した一角にトルコ菓子を扱う小さな菓子屋がある。ガラス箱のような店に入ると、乾いた甘い空気に包まれる。窓のそばに置かれた飾りトレーやショーケースには、一口サイズの菓子が敷き詰められ、幾何学的な模様を作り上げていた。ブロック状に積み上げられたそれは、店内の灯りを受けててらてらとした輝きをまとう。

トルコ系住民の多いドイツでは、ケバブを始めとする料理は食文化の一部となっており、街中の至る所にレストランがある。トルコ菓子もまた、ドイツのケーキとは異なる甘味で、甘いもの好きの人たちを惹きつけていた。だから、晴れた日などは、店の前に並ぶ小さなテーブルを占め、日陰から眩しく光る街の姿を眺める人の姿をよく目にする。

その店を最初に教えてくれたのはインガだった。菓子箱を受け取った彼女は、私を部屋に招き入れ、早速プリンターを使わせてくれた。季節性の憂鬱に陥った時は、濃厚に甘いものが欲しくなる。そう笑う彼女の声やプリンターの機械音の陰から、ある響きが途切れることなくあふれてきた。水のように耳に染み込む音楽。モーツアルトのピアノソナタの一つ、通称「トルコ行進曲」と呼ばれる曲だった。

アパートの薄暗い階段を上る時からずっと、そのピアノの旋律は灰色の空気を縫って流れていた。滑らかに指が走り回るうちに、連なる音から色彩が引き出され滲み出す。落ち着いた調子に、モノクローム映画めいた空気が次第に和らいでゆく気がした。ふいにインガが人差し指を立てる。ほらここ。そう言った瞬間、音が絡まり合って音楽は止む。一瞬の間の後、少し前のフレーズから始まるが、再び同じ所で曲は止まってしまう。うろうろと繰り返される音。ここ一週間ずっと同じ所で指が縺れて先に進まないのよ。そう言うと彼女は、テーブルで菓子箱を開けた。

箱の中には、幾種類かのバクラヴァが綺麗に並んでいる。バクラヴァとは、パイ状の生地を重ね、アーモンドやピスタチオなどのペーストを間に挟んだ伝統的なトルコ菓子である。蜜を塗って固めているため、パイの軽やかな印象とは裏腹に重量感があり、突き抜けるように甘い。口にした途端、視界が鮮やかに引き締まるほどである。辛味や酸味と同じく、甘みでも目が覚めるものなのかもしれない。その甘さを、インガは罪深いとまで言う。

薄く灰色に翳る部屋に漂うピアノの旋律。見えない弾き手は、もう一度最初から弾くことにしたようだ。壁の向こうから響くそれに耳を澄ませ、インガはひっそり呟く。この曲ってもっと明るいものだと思っていたけれど、どうしてこんなにも寂しいのだろう。遠く静かな音は透明に横たわり、私たちの間から会話を奪う。その輪郭を確かめるように、彼女の指は菓子の繊細に波打つ生地を撫でていた。

（二〇二三年十一月二十八日）

シュテルンベルクの声

見えない壁がある。透明だが、断固としてこちらを押し返してくる固い壁。かつてドイツには東西を隔てる壁があり、打ち倒され消えたはずだった。しかし、十月七日以来、この国には、相変わらず透明な壁が分断するように聳え立っていることに気づかされた。見えない壁の向こうを見ようと必死に背伸びすることを繰り返すうちに、十二月になっていた。そんなある日、神学を研究するFから電話がかかってきた。「シュテルンベルク」という名前を聞いたことがある？　「星の山」ととっさに頭の中で翻訳し戸惑う私の耳に、彼女の静かな声が流れ込んできた。

パレスチナのヨルダン川西岸地区の中部ラマッラには、「シュテルンベルク」というリハビリテーションセンターがある。一八六七年にハンセン病の治療のために設立されたその場所は、一九八〇年代になると精神障害を患う子供や若者、その家族の支援施設となった。幼稚園や学校といった教育課程や、自立のための職業訓練コースが個別のサポートと共に提供されている。この施設を支援するのが、「モラヴィア教会」というプロテスタントの団体である。この国際的なキリスト教団体は十五世紀にまで遡り、ヨーロッパやアフリカの各地域に支部を置いて、社会活動に取り組んでいるとのことだ。その一つ、パレスチナのシュテルンベルクでは、宗教に関係なく教師やスタッフが働き、子供たちを支えてきた。

しかし、十月七日以来、ヨルダン川西岸地区もまた、より危機的な状況に置かれている。イスラエル軍が監視する検問所の出入りは困難になり、物資不足に陥った。職場に通えずに失業者が増加し、旅行者の姿が消えて観光業や販売業への打撃は大きく、経済は急激に悪化しているとのことだ。さらに、北部のジェニンや近くの難民キャンプなどへの軍事攻撃は苛烈さを増している。

ラマッラは、比較的安全な方だと言われている。だけど、とFの言葉は途切れる。利用者も通うことが難しいし、施設も維持が日に日に厳しくなってゆく。そのために、ドイツのモラヴィア教会はバザーを開き、現地のオリーブ油や石鹸を扱い、施設への募金を呼びかけている。Fもまたバザーに足を運び、現地の情報を求めていた。シュテルンベルクの活動に関心を寄せていた彼女にとって、どんなに過酷な内容であろうとも、そこから届く声に耳をふさぐことはできなかったのだ。

十月以来、ドイツでもさまざまなニュースが錯綜し、あふれ返っている。家族を殺され人質にとられたイスラエル人や、学校やシナゴーグ、住宅へのダビデの星の落書きといった攻撃にさらされたユダヤ人のことが取り上げられる一方で、ヨルダン川西岸地区やガザ地区内の状況は、見えない壁に阻まれたように伝わってこない。ガザの死者や行方不明者の数の急増について触れていても、大抵の場合は数字に留まるため、状況や犠牲者の姿は抽象的な印象に抑え込まれている。必死に救命活動にあたる医療従事者、戦地に身を置くジャーナリスト、そして空爆の恐怖にさらされ、食糧と水、十分な治療もないまま、目の前で家族を失うパレスチナの人たち。絶望の中から訴え続ける声。

この状況について話す時、互いが見えない壁によって隔てられているようだった。今やここでは停戦を求める言葉すら、そのまま届かないことさえある。そして、第二次世界大戦のホロコーストの記憶が引き合いに出されるのに対し、一九四八年以来、強制的に土地を追われたパレスチナの歴史については触れられない。その空白を目や耳が見出す度に、他者の歴史の記憶に対する尊重を欠いている気がしてならなかった。知っていることだけですべてを判断すれば、最後に残るのは白か黒かと分け隔てる壁だけとなる。同時にそれは、ここではない場所に閉じ込められた人たちの声を阻み、何も知らないと私たちに自己弁護させ続けるのだ。

（二〇二三年十二月二十六日）

カポーティの白バラ

薄く雪に包まれたアパートの中庭に、絵の具のチューブが幾つか凍りついたまま転がっていた。中身が絞り尽くされたそれは、干からびた虫の死骸にどこか似ている。子供が遊び、時には日曜画家も姿を見せるその場所で、置き去りにされたものを見かけることがたまにある。しばらく経てば誰かが片づけるが、その絵の具だけはいつまでも小さな冬の空間に閉じ込められたまま、忘れ去られるような気がしてならなかった。

絵の具と雪のつながりで思い出すのは、ハイデルベルクの画材屋で知り合ったFのことである。数年前の一月、どんよりと重苦しい曇天続きに息が詰まり、鮮やかな色彩を求めて旧市街にあるその店に向かった。パステルや色鉛筆、インクといった手で触れて確かめられる色彩が、どうしても欲しくてたまらなくなったのである。明るい照明にさんざめく色彩が並ぶ店の中を歩き回るうちに、静かな白の占める奥の一隅にたどり着く。そこに佇み、白いチューブを幾つも手に取っていたのがFだった。

水彩を趣味とするFが描くものの多くは雪景色である。雪のほとんど降らない場所で育った彼女の内で、骨にまで染み込む霧や痛みのある寒さが冬の印象を形作っていた。だから、仙台にいた私とは、雪に対して抱くイメージは違うのだろう。柔らかい粉雪に足を取られて歩く道や、踏みしめられて夜の間に固く凍りつく雪の層、薄青い空から舞う大きな雪片、音がこもって静まり返る白い野原など、私が過ごしてきた遠い冬について耳を傾け、ワイエスの絵のようだとFは口にし、自分でも絵筆を握る。

しかし、彼女の描く冬はワイエスのそれとはほど遠く、どこか抽象的な印象が漂っていた。「綺麗だけれど景色と言うより、何かの結晶みたい」感想を求められてそう言うと、Fもまた困惑したように絵を見つめる。「頭の中にあるイメージを絵筆でなぞろうとすると、それこそ雪みたいに消えてしまうのよ」とこぼしつつ、彼女はこう言葉を続けた。

「これでは、ただの「昨日の雪」の絵になってしまうわね」

ドイツ語には「昨日の雪（Schnee von gestern）」という言い回しがある。雪は融けてしまえば跡形も残らない。そのために言葉には、「もはや興味を掻き立てないもの」や「古いもの」という素っ気ない意味が与えられている。かつては「去年の雪」という言い方をされており、その語源をたどるとフランスの詩人フランソワ・ヴィヨンの有名な詩の一節

「去年の雪はいまいずこ」に行き着く。

この移ろいやすさと真逆の印象を持つのが、トルーマン・カポーティの短編「白バラ」に登場する雪である。駆け出しの頃パリを訪れ、作家コレットと面会する好機を得たカポーティは、彼女の素晴らしいコレクションを目にすることができた。寝台の両脇に置かれたテーブルの上を埋め尽くす、無数のガラス製のペーパーウェイト。雪の結晶と呼び愛でるそこから一つ、コレットは若きカポーティに贈り物をしている。作家から作家への励ましの意味もある半球状の透明なガラスの内には、白バラがひそやかに沈んでいた。

Ｆの冬の絵を見る度に、このガラスの置物のことが頭の中をよぎる。コレットの「雪」は、花をはじめとする様々な小さなオブジェを内に抱えていた。ガラスの内包物が一つ一つ異なるように、私とＦが抱く冬の記憶や印象もまた同じになることはない。だからこそ、Ｆの描く白の世界は、奇妙に美しく結晶化しているのかもしれない。

よく私は自分に問いかける。私の書くものは、白いバラを閉じ込めた雪となっているだろうか、と。内にあるものに届かなければ、それは単なる「昨日の雪」に過ぎなくなると不安に襲われる。書くという行為は、長い冬を通り抜けることに似ているのだろう。白い雪原のような紙の中、言葉を見失うことも多い。それでも、硬質で冷たい輝きを湛えた「雪」に至るまで書き続ければ、私の雪の中でもカポーティの白バラがひっそりと咲くかもしれない。

（二〇二四年一月三十日）

チェスの歯

白と黒の升目の上を跳ね回る足がある。真っ直ぐに、あるいは斜めに滑ったり、そうかと思えば一マスずつ慎重に進んだりと、二人の少女が不思議な足さばきを披露していた。踊りの練習にも似たその様子を眺めるうちに、彼女たちの動きには一定のルールがあると気づく。二人の足が柔らかに踏む床には、白と黒のチェス盤のような模様が広がっている。そう、少女たちが真似ているのは、チェスの駒の動きなのだ。

歯科医院の妙に広い待合室を見回すが、少女たちを除けば、奥まった椅子で読書する老婦人しかいない。彼女のように私も本を開いたところで、奥歯の辺りで鈍い痛みが波打った。ストレスがたまると、無意識のうちに歯を食いしばる癖があるらしく、時折、顎や耳の下の痛みで口がうまく開かなくなる。その度に、イェーナの街外れにある歯科医院に足を運ぶことになった。

煤けたように薄暗い建物の一階にあるその場所には、白と黒の升目のある床といい、チェスの意匠がそれとなく紛れ込んでいる。壁に掛かった絵の中では、古めかしい装いの恋人たちがチェス盤を挟んで見つめ合い、洗面所や受付にある置物は駒の形を模している。さらに、受付でいつも応対してくれる女性は、ビショップの頭部の形をなぞるように、髪を高く結い上げている。そして何よりも気になるのが、待合室の窓辺に置かれたチェス盤だった。細かい傷に覆われた古い木製のそれは、毎回訪れる度に駒の配置が変わっているのだ。掃除のついでに並べ直すのか、あるいは長い遊戯の途中なのか分からないものの、いつ次の一手を打たれてもいいように駒は静かな緊張感に満ちていた。

子供の頃、ルイス・キャロルの『鏡の国のアリス』を読んで以来、チェス小説や映画があるとすぐに手に取りたくなるようになった。ベルイマンの映画『第七の封印』で、騎士と死神が運命を賭けてチェスをし、ボルヘスは「象棋」という詩の中で、指し手を駒とする存在について触れている。チェスを通して世界を認識する天才を描いたナボコフの『ディフェンス』と、ナチス政権下で軟禁された貴族が、正気を保つために遊戯のルールをマスターしたというツヴァイクの短編「チェスの話」。そして、小川洋子の『猫を抱いて象と泳ぐ』では、大きくならない指し手が自動チェス人形の内に潜み、美しい詩のような棋譜を編み続ける。

盤上の駒の動きを詩や音楽のように捉える指し手。彼らが盤と向き合う時、椅子に背をあずけ、利き手と反対の手で軽く頬杖をついていることだろう。利き手はすぐに駒に伸ばせるよう、静かにうずくまっている。彼らの思考は、恐ろしいほど精緻なカットを施した結晶のように透明なはずだ。しかし、指し手たちの歯は無事なのだろうか。難しい局面に出会い、極限まで追い詰められた場合、歯をきつく嚙み締めることがあるかもしれない。その思考や精神よりも、歯の琺瑯質は脆く、すぐに擦り減ってしまいそうな気がする。

待合室の床の上で、少女たちはそれぞれ白と黒の駒になりきり、着実にゲームを進めている。途中で休憩をはさみ、奪った駒の数を確認する二人の話は、いつの間にか抜けた乳歯の数へとずれていった。チェスの駒と歯が頻繁に入り交じる会話のせいで、琺瑯質の駒や駒の形をした歯のイメージで息苦しくなる。ビショップに似た形の犬歯、ポーンの代わりになりそうな前歯、舌でなぞった感触がルークの頭部にそっくりな奥歯など、口の中が遊戯への期待で騒めき出す気配がした。

やがて、受付のビショップ頭の女性がカルテを手に姿を現す。名前を呼ばれた老婦人は静かに立ち上がり、通り過ぎざまに窓辺のチェス盤の駒を一つ、ひょいと動かした。診療室へと向かう後ろ姿を見送ったまま、思いがけずチェックメイトをかけられたように、少女たちも私も動けなくなる。

（二〇二四年二月二十七日）

「長春香」の肖像写真

透明な光に満ちた部屋を写した写真があった。微かに青みを帯びた陽射しが照らすそこは、ハンマースホイの絵のように「時間」が留められている印象があった。部屋の中には、きちんと毛布を整えた寝台や書物の詰まった本棚、細長い花瓶のある書き物机がそっと息づいている。この静謐な室内風景に折り重なるように、ほっそりした若い女性の姿が浮かび上がっていた。黒っぽい髪に清潔な眼差し、アジア系と分かる顔立ちのその人は、ひとり窓の外を見つめている。机に軽く載せた彼女の手は、同じ場所に置かれた花瓶に重なり、輪郭を失い溶け込んでいた。

青ざめた部屋と物思いにふける女性。この二つは違う時間を写したものでありながら、一枚の写真内に収まっている。多重露光で撮られたそれは、場所の記憶を表していたのかもしれない。女性が幽霊のように半ば透けているために、失われた人を部屋それ自体が回想しているように見えたのだ。

　写真を見せてくれたのは、四年前までハイデルベルクにいた友人のNだった。イタリアのボローニャ出身の彼女は、写真の女性を「初さん」と呼んでいた。内田百閒の作品が好きだと言うNの、お気に入りの一つが「長春香」だった。そこで描かれている「初さん」は、百閒の門下生の一人、長野初という名の女性で、関東大震災で亡くなっている。「長春香」は、震災で失われた教え子の回想録という形をとった短編である。それは言葉による彼女の肖像画であり、その女性の芯のある静かな強さを鮮やかに描き上げていた。しかし、震災から時間が経つにつれ、百閒の記憶に残る長野初は、水面に映る光のように千々に揺らめくようになる。彼女の遺体が見つからず、その最期が曖昧なままだという理由のせいかもしれない。そのために百閒の眼差しの先で、震災前後の風景と長野初の肖像は半ば透けつつ重なり、多重露光の写真めいた印象を帯びている。

　場所にかつての場所を重ね、そこに居た人を透かして見ようとする眼差し。私にこれを教えてくれたのは、内田百閒やW・G・ゼーバルトの作品であり、同時に自分が居た二〇一一年の三月という時間でもあった。震災の季節の記憶は、多重露光の写真に似ている。私たちの目はカメラとなり、失われた風景や人という時間の姿を何重にも結びつけるだろう。そして、震災に襲われた遠い場所に自分の土地を重ね、空間的な繋がりも作り上げてゆくのだ。
「長春香」についての会話を通して、Nもまた震災の記憶を抱く人だと私は知った。二〇一六年八月、休暇でボローニャの両親のもとに帰った彼女は、そこでイタリア中部地震を体験している。彼女自身は被害がなかったが、アマトリーチェに暮らす祖母を亡くしていた。建物の倒壊でたくさんの死傷者の出た街。後にそこを訪れた彼女は、百閒が長野初の実家の焼け跡で、骨の代わりに一輪挿しを拾ったように、祖母の遺品を探したという。破壊された場所の向こうに透けて見える過去の面影。それ以降、Nの中でアマトリーチェの街は、多重露光の記憶に留められている。

あの「初さん」の肖像について、四年前にボローニャに戻ったNから、一度連絡があった。列車での旅の途中、彼女の写真を栞代わりに挟んだ本を失くしたという。二〇二四年一月の半ば、能登半島を襲った震災の被害がさらに広がっていた頃のことである。

私はボローニャもアマトリーチェも訪れたことはなく、Nもまた東北地方を実際その目で見たことはない。それでも二つの震災の記憶と光景は、多重露光の写真のように密やかに重なる部分があるのだろう。遠い三月と八月が静かに交わるそこならば、失われた「長春香」の肖像写真も再び見つかるかもしれない。

（二〇二四年三月二十六日）

冬眠するガラス

四月が半ば過ぎた頃、冬が戻ってきた。寒々しい灰色に覆われたイェーナの街から、春の気配が消え、植物の彩りが急にあせてゆく。アパートの窓ごしに見えるライラックの花からも色が抜け落ちて、次第に透明になるような気がした。それに気を取られた時、透明な悲鳴が足元で弾けた。床の上には、ティーポットが割れて転がっている。散乱するガラス片は、氷に似た薄い光をまとい、触れた指先に冬の感覚をよみがえらせるのだった。

ガラス製のティーポットを手に入れたのは、五年前の春の初めのことである。一日の大半を机に向かい書き物をするため、私はいつも大量のお茶を用意する。書く時間が長ければ長いほど、良き友となるポットやカップは欠かせない。ある時、友人に勧められ、イェーナ西駅の近く、ガラス食器を商う店を訪れた。

イェーナには、ガラスの街としての歴史がある。十九世紀末に発明された「イェーナガラス」は、一九二〇年に耐熱ガラスとして実用化された。同時に、バウハウス出身の造形デザイナーらのデザインが採用され、さまざまな家庭用品に反映されたという。足を踏み入れた店内には、涼やかな静けさを湛えたガラス製品が並んでいる。シンプルな美しさを体現した様子は氷の彫刻のようにも見え、凍りついた湖の姿が頭の中をそっと過った。

電話で友人にその印象を伝えると、ガラスと凍結した湖は似ているかもしれない、との言葉が返ってきた。ガラスには固体と液体の二つの状態が備わっている。流動的な構造を持つため、固い表面の下でひどくゆっくり液体のように動くという。透明な冷たさの下の流れ。真冬の湖もまた、静まり返った厚い氷の下で、絶え間なく揺らめき続ける。

その話から、冬の五色沼のことを思い出した。大学に通っていた頃、仙台市博物館の近くにある小さな沼のそばをよく通りかかった。冬になると、白く凍った水面を雪が薄く覆い、奥には青みがかった緑が鮮やかに透けて見える。その様子を目にする度に、沼は冬眠中なのだと考えた。眠る間、瞼の下で眼球が小刻みに動くように、水の運動は止むことはない。だから、沼もまた氷の瞼の奥に、冬の夢を閉じ込めているのかもしれない。

しかし、毎日のように目にしたのにもかかわらず、五色沼を包む氷の割れる音を耳にしたことは一度もなかった。冬眠する氷は声を上げる。寒さで割れ目が入る時、あるいは春が来て溶ける時に。通り道で見かけるそこに白の静寂しか見つけられないまま、私は春を何度も迎えた。

デンマークの作家イサク・ディネセンは、「エルシノーアの一夜」という短編で、氷結した海の声を描いていた。大寒波の訪れた長い冬、故郷の屋敷で老いた美しい姉妹が、謎めいた理由から姿を消した弟の幽霊と再会する。出奔後に送った弟の人生や、彼が巡った場所など、姉妹はその長い物語に耳を傾けるのだった。最後に姉妹のひとりが、胸の内に抱え込んできた思いを、激しく罵るように口にする。その時、海を覆い尽くす氷が裂け、大砲めいた音をたてて響き渡り、夜と館を満たしていった。

姉妹の叫び声にこだまとなって応えたのは、海の氷が上げた声だった。冬のさなか、海や湖が身じろぎするほど寒い夜、重いうめき声や痛ましい悲鳴が氷の奥からこぼれてくるという。そのようにしか悲しみを表せない人も眠りの中で、あるいは独り夜の中で、同じような声を出すのだろう。冬の水に似た人たちの声は、とても痛々しいはずだ。

小説や空想の中で耳にした氷の声。そこにガラスのティーポットの割れる音が重なる。寒々しい四月、その音は湖や沼を冬眠から呼び起こす合図となるのだろうか。氷が割れると春が訪れ、水はまた自由に動くかもしれない。しかし、壊れたガラスはそのまま、時を止めてしまうのだ。


（二〇二四年四月三十日）

小さな火曜日の声

電話が鳴った瞬間、黒っぽい髪に白いシャツ姿の少年が、素早く受話器を取り上げる。仲間が電話ボックスから連絡を寄越したのだ。生真面目にメモを取る少年を、机の上に座る黒いダックスフントがじっと見守っている。報告が終わると、二人はそれぞれ同じ言葉を口にする。「合言葉はエーミール」。

電話番の少年は、エーリヒ・ケストナーの『エーミールと探偵たち』に登場する「小さな火曜日」である。エーミールと共に子供たちが、ベルリン市内でお金を盗んだ犯人を捜す間、「火曜日」は自宅の電話のそばで待機し、連絡係を務めていた。誰もやりたがらない役目を我慢して引き受けた、小さな英雄。一九三一年に公開された映画で、この「火曜日」を演じたのは、当時九歳のハンス・アルブレヒト・レーールという少年だった。

映画『ケストナーと小さな火曜日（Kästner und der kleine Dienstag）』（二〇一六年）で

は、史実に基づいて作家とレール少年の交流が描かれている。ケストナーのファンだった彼は手紙を出し、作家の行きつけのカフェや自宅を訪ねて、親しくなってゆく。映画のオーディションを受けて、「小さな火曜日」の役を手にして以来、周囲から少年はその名前で呼ばれるようになった。

しかし、ナチスが政権を握り、第二次世界大戦が始まると、芸術家たちを取り巻く状況は変わってゆく。ケストナーの戦争や政治を風刺する作品もまた、焚書と発禁の対象となってしまった。それらも熱心に読み込んだレール少年は、軍国主義が強まり、ユダヤ人の迫害が苛烈になる社会に批判的な眼差しを向けていた。やがて成長した彼は徴兵され東部戦線に送られることになる。最後に会った時、作家とレール少年は約束を交わす。「戦線の近くでユダヤ人や市民に起きていることが自分の知っている通りなら、手紙にエーリヒ・Kによろしく、と書く」と。

映画は最後に、一九三一年版『エーミールと探偵たち』の場面を幾つか流す。電話を受ける小さな火曜日、そして街の中を走り回るエーミールと仲間たち。この映画に出演した子供たちはみな、二人を除いて戦争を生きのびることができなかった、とテロップが入る。そして、ハンス・レールもまた、帰ってこなかった一人だった。

昨年の十月から、たくさんの子供の写真が流れてくる。その多くは白い布に包まれ、血や埃にまみれた亡骸だった。インターネットを通して突きつけられる、ガザ地区の爆撃の跡や破壊された街、空爆や攻撃にさらされた人たちの姿。しかし、その数は途方もなく、外側にいる私たちが目にしているのは、ほんの一部でしかない。

そのような写真や映像を見るうちに、『エーミールと探偵たち』のモノクロームの場面を思い出した。空爆に怯え、怪我や家族の喪失に泣き叫ぶ子供たちにも、本来は決して奪われてはならない子供時代の輝きがあったはずなのだ。その多くは、映画の子役が大きくなったようにすらなれないまま、命を奪われている。過去と現在において、躍動感に溢れる姿や時間は、捻じ曲げられ犠牲になってゆく。

私の暮らすイェーナでも、広場や大学のキャンパスで、停戦を求めるデモの数が増えてきた。パレスチナの旗とプラカードを掲げ、クーフィーヤを首に巻いた学生や市民は、マスコミが伝えないガザの現状を訴え、目を背けてはならないと声を上げる。その声に、私の耳は映画のハンス・レールの言葉を重ねて聞く。戦地に行く前、ケストナーの前で彼の詩を引用して、レール少年は戦争を批判した。ガザの人々を苦しめる飢えや逃げ場のない状況を終わらせようと響く声の中に、小さな火曜日のものも交じっているはずだ。

白黒の画面の向こう、ベルリン市内を少年たちが走り抜ける。そこにケストナーの言葉が重なる。「小さな火曜日は、私にとって消すことのできない記憶である。この無意味な死だけを見ても、何百万倍にも増す責任がヒトラーにあると知ることができるのだ」と。

（二〇二四年五月二十八日）

青の時間

夜が下りる前、全てが青に沈む時間帯がある。薄暗い空の色に覆われた街や風景は、輪郭を失って曖昧になり、ひどく遠くなったように見えるのだ。その時、辺りの騒めきは薄れて、静寂だけがちりちりと皮膚を震わせる。夜明け前や日没後に訪れる青の舞台。そんな夜の端にあるひとときを、「青の時間」と呼ぶ。

この名称を初めて知ったのは、ロス・マクドナルドの小説『さむけ』を読んだ時のことだった。私立探偵リュウ・アーチャーは、姿を消した女性を探している最中、その指導教官の家に招かれる。窓一面から山が見える部屋で、彼女は故郷の街の名前を挙げ、過去が自分を追いつめる、と語った。やがて日が暮れて、空の青は山や街ににじみ、全てが青く染まる。それを見て、彼女は口にするのだ。青の時間（Die Blaue Stunde）と。かつて好きだったこの青が支配する時間は、今ではただ恐ろしさしかもたらさない。そう呟く彼女は、夜が押し寄せる部屋に独り取り残され、恐れと対峙することになるのだ。そして、探偵はずっと、彼女を青の時間に置き去りにしたことに後悔の念を抱き続ける。

子供の頃、夕闇の後から青が押し寄せる度に、街並みや風景が別の顔を見せることに魅了されてきた。同時に自分の影が薄れ、身体が透明になる感覚に囚われた。青は皮膚に染み入る色彩だ。だからこそ、青の浸透する時間は、自ら溶け込みたくなるほど、しっくりと馴染み深く感じられたのだろう。この時間の奥に広がる場所ならば、遠くまで行けるのかもしれない。結局は夜の中に置いていかれようとも、そんな淡い期待を持つことを止められなかった。

ドイツでは、春から夏にかけて、夜の訪れは日に日に遅くなる。六月になると、青の気配が漂うのは、夜の九時を過ぎた頃だ。白々と明るい時間の先でその片鱗を待ち構えていても、家事や執筆に気を取られるうちに、夜が下りてしまっている。それに対し、秋や冬は夜が長くなるものの、鈍い灰色に覆われた昼間との境界が失われ、青を目にすることはめったにない。

ある時、友人のKに、なかなか青の時間と出会えないとこぼした。すると、ここなら好きなだけその色に浸ることができると、Kはマインツの聖シュテファン教会の名前を口にした。教会には、シャガールが手掛けた青のステンドグラスがあるとのことだ。植物の葉に似た模様が重なり、その中を重力から束の間解放された天使や聖人たちが舞う。月明りの夜から忘れな草の色まで、様々な青が花開く窓に光が差し込むと、教会内は静かな青に染め上げられる。青いのは時間ではなく空間だけどね、とKは笑った後、言葉を続けた。でも、あの中にいると、目にするのは美しさだけではないの。自分の内側にある痛みや悲しみが、青に引き寄せられ姿を現すのよ。

その言葉に、マルグリット・デュラスの『北の愛人』に出てくるインドシナの乾季の夜の描写が重なる。語り手が子供だった頃、夜景を見せようと、母親はよく彼女を二人の兄と共に連れ出した。真昼のような青を湛えた空の下、一家は夜を満たす騒めきに耳を澄ませる。夜の中に響く呼び声や笑い、死に憑かれた犬の遠吠え。そこには深い孤独の苦しみと、その思いを語る美しさが滲み出ていた。本来ならば、労働や戦争、死といった人生の手に負えない側面は、できるだけ子供たちの目から隠されるべきなのだろう。しかし、それに打ちのめされた母親は、子供たちに教えようとするのだ。夜の美しさと、それが浮かび上がらせる孤独を。

夕闇から夜へと移ろう間、青に包まれた人を見かける度に、どこか心許なく感じられた。彼らもまた身体の内に、青の時間を滞らせているのだろうか。シャガールのステンドグラスのように孤独や悲しみが結晶化し、透明な青にさざめく遠い場所。それが空から降りる色彩に呼応するためなのか、暗く静かな時間が来ると、痛みの奥へと歩いてゆきたくなる。

（二〇二四年六月二十五日）

逃亡する人形

熱でぼんやりした視界の中、白い顔がのぞき込んだかと思うと、滑らかに遠ざかって天井に姿を変えた。寝台に横になったまま見上げた天井は、いつもより少しだけ遠い位置にある。心なしか、壁までが距離を置いていると見えた。

七月に入ってから風邪をうつされ、熱と胃の痛みで起き上がれなくなった。平熱が三十五度ほどしかないせいか、熱が一気に上がると感覚までが不調を訴えてくる。中でも一番厄介なのが遠近感だった。短く重い眠りから覚める度に、部屋がおかしな具合に膨張していたりするのだ。もちろん錯覚に過ぎないのだが、パン種と化した空間内では、自分が相対的に小さくなったような気がする。そんな時、玩具の家に取り残された人形が、頭の中にちらりと浮かんだ。

人形の家にまつわる空想とは、長い付き合いがある。小学生の頃、体調を崩しては喘息が悪化したために、学校を休むことが多かった。午前中は静かだが、午後も半ばになると窓の外から、下校中の子供たちの声が小さくにぎやかに流れ込んでくる。はじける笑い声やわめき声は遠ざかったかと思うとまたもや合流し、公園へ、校庭へ、誰かの家へと遊び場所を求めて一斉に飛び立ってゆく。それに耳を澄ませながら、人形を楽しげに動かす見えない手のことを考えていた。

その頃、子供だった私を捉えて離さなかった奇妙な考えがある。自分の暮らす街は人形の家の寄せ集めで、私を含めた住人すべてが人形だというものであった。この大掛かりな遊びのセットを使うのは天使であり、彼らが透明な笑い声を響かせながら、子供や大人の人形に見えない手を伸ばし動かしている。カトリック系の幼稚園に通っていたせいか、天使のイメージは難なく私の空想に紛れ込んでいた。「善いことも悪いことも、天使は全部見ているからね」幼稚園の先生のこの言葉が、後々にまで思いがけない形でこだましたと思われる。

そんな空想の中の私は、天使のお気に入りの人形ではなかった。遊ぶ際、複数の人形を同時に動かすのは難しいので、どうしても主役と脇役が出てくる。脇役は椅子に腰かけたり、寝台に置かれたりして背景化することが多い。そして、玩具の寝台に寝かされるのは、赤ん坊か病気の人形である。透明な手が他の子供に触れる間、病人役を割り当てられた私は、寝台の一部と化すしかなかった。

しかし、夜になれば人形遊びも中断される。誰もが寝台に横たわって眠るのが、その証拠だ。だから、夜の間だけ自由に動いてもばれることはない。そう信じ込んでいた私は、毎晩のように街から逃げ出す空想にふけっていた。寝台からそっと起き上がる。部屋を抜け出して家を後にし、空き地や公園、文房具店やスーパーを横目に突き進む。見慣れた通学路から見知らぬ通りへ。白くうなだれる街灯の光を避けつつ、街路樹が夜空にシルエットを描くのを眺めて裸足で走る。空想の夜の中では、どんなに走っても喘息で息切れすることなどない。街の外へ、どこか遠くへ。逃亡の様子を細かく思い描くが、いつも外にたどり着くことなく、私は眠りに落ちていた。

ずっと後になって、キャサリン・マンスフィールドの短編「人形の家」と出会い、同じような空想の片鱗を見つけた。三姉妹が贈り物としてもらった素晴らしい人形の家。留め金を外すと二枚貝のように開き、家具の配置や生活模様が一目瞭然となる。こんな風に家をのぞくのが、天使を従えた神様の訪問スタイルにふさわしい、と。

マンスフィールドの短編には、人形の家をそっとのぞくような愉しさがある。精妙な描写は細部まで美しさに満ち、人物の想いがさざ波となって、舞台全体に淡い影を落とす。そして、どの人物も脇役として放っておかれることはない。

この作家の本を手に取ると、逃亡の空想が再び立ち現れる。夜の空気の匂いや、人形の家がしんと並ぶ光景。その時、透明な手が伸ばされたような気がして、辺りを見回して確かめたくなる。

（二〇二四年七月三十日）

そこにはいない分身

会話の途中で、見えない私が「あ」と小さく声を上げた。先へ先へと言葉を続けながら、ついさっき口にした文を頭の中で思い浮かべる。何かおかしなことを話しただろうか。すると、ぽっかり空いた隙間が目についた。再帰代名詞が抜け落ちたのだ。もう一人の私は、呆れたように肩をすくめてみせる。それを無視すると、今度はごっそり単語を飛ばしてしまった。慌てて言い直すが、もう遅い。私のドイツ語は、完全に形崩れを起こしていた。

フランクフルト中央駅で、列車の大遅延が発生した。急用ができて久しぶりにイェーナから離れた時のことだった。用事を済ませて駅に着くと、構内は苛立つ人であふれ返っていた。電光掲示板を見れば、どの列車も三十分以上、ひどい場合だと二時間は遅れている。構内アナウンスが列車の運休を告げ、待ちくたびれた旅行者の腹立ちに火をつける。

不穏な雰囲気の中、私も必死にイェーナ最寄りのエアフルト駅へ向かう列車を探し始めた。

やっと見つけた列車に乗り込み、運よくコンパートメントに席を見つけると、たちまち同乗者の会話に巻き込まれた。非日常的な空気は、他人との距離を縮める。日常化した列車の遅延に文句を並べた後、誰もが自己紹介的に行き先や旅行目的を告げて、話題はさらに広がっていった。

何げないお喋りというものに苦手意識がある。それは日本語の場合でも変わらない。ただドイツ語になると、緊張のあまり言い間違いが一気に増える。話している間は気づかないのに後で思い返すと、欠けた単語の姿が見えてくる。特に目立つのが、再帰代名詞の不在だった。

動作の対象が「他人」ではなく、「自分自身」だと示すもの。それが再帰代名詞である。ドイツ語には間接目的語（「…に」）である3格と、直接目的語（「…を」）の4格があるが、慣れないと使い分けがややこしい。

例えば、「vorstellen」を「自己紹介する」や「想像する」の意味で使う時、3格の再帰代名詞が必要だ。「自分自身の前（vor）に何かを置く（stellen）」という意味合いには、こちらの手元をじっと見つめる自分の前で、頑張って手品を披露しているような印象がある。加えて「前」という位置こそが、同一人物である二人の間に距離をつくり上げている気がしてならない。

だからドイツ語の会話や文章では、主語と目的語の関係性を強く意識する。それは空間的なイメージに近く、静物画を描くために果物やオブジェを配置するようなものかもしれない。再帰代名詞が絡む場合、私は小さな舞台を思い浮かべ、文章を背景やセットに変えてみる。そこに二人に分裂した私を置いてみて、相手との幾何学的な距離を測ろうとする。すると、分身もこちらをじっと見つめてくる。その視線の固さから、時には標本箱にピン留めされた蝶のような気分になったりもするのだ。

この違和感をなだめようと、再帰代名詞を使った日記のようなものを書いていたことがある。結果的に自分を他者化する傾向は強まり、ポール・オースターや金井美恵子の小説のように、相手の観察記録をつけているつもりが、相手の目線で自己観察をしている錯覚に陥った。

しかし日本語にすると、再帰代名詞は訳されず消えてしまう。その時、分身の「不在」が、余計に気になって仕方なくなる。おそらく、私の小説に幽霊や失われた人、実在の不確かな人物が出てくるのは、この不在の感覚から逃れられないせいかもしれない。逆に言えば、小説を書くことで、隠された肖像を追い求めているのだろう。

乗り込んだ列車は、いつまで経っても出発する気配はない。同乗者の顔に苛立ちの色が濃くなった頃、車内放送が運休を告げ、代行列車の案内を始めた。怒りの声を上げげつつ荷物をかき集め、誰もが乗降口に向かう。何とか降りて窓の方を振り返ると、置き去りにされた分身が、ひらひらと手を振っていた。

（二〇二四年八月二十七日）

Ⅱ

透明なものたち

——美の十選——

1　ルーカス・クラーナハ（父）〈ウェヌス〉

暗闇にほの白く、女神ウェヌス（ヴィーナス）の姿が浮かび上がる。赤みがかった金髪を黄金のネットでまとめ、真珠や宝石をあしらった金のチョーカーや首飾りが、女神の細い首や胸元を飾る。豪奢な装飾品を除けば、人形めいた身体を覆うのは透明な薄布しかない。それを手に、女神は謎めいた微笑を薄く漂わせる。

ルネサンス期の絵画で、ウェヌスは均整の取れた、古代彫刻を思わせる身体つきで描かれる。それに対し、十六世紀前半のドイツの画家クラーナハ（父）は、S字を描く姿勢や、宝飾品や帽子などの小道具によって独特の優雅さを生み出した。

透明な薄布も、優雅さを際立たせる仕掛けの一つである。薄布を掲げるしぐさは、舞踏のポーズのように軽やかだ。それ故に、荒涼とした地面を踏んでいても、重さを感じさせることはない。

この薄布は身体を隠すために描かれているが、実際のところ肌を艶《なま》めかしく飾り立てている。つまり、視線を遮ることなく身体を包む物によって、触覚的な印象が強まるのだろう。女神の裸体は隠されつつ、より露わになる。この相反する性質を、画家は透明性に見出し完成させたのだ。

（一五三二年、シュテーデル美術館蔵）

2　サンドロ・ボッティチェリ〈書物の聖母〉

絵の中で透明なヴェールをまとうのは、古代の女神だけではない。聖母や聖女、天使の髪や身体も、ふわりとそれは包み込む。ボッティチェリの描く聖母もまた、細く金で縁取られたヴェールで髪を覆っている。この薄い布は服や外衣の上に垂れ、聖母の色彩である赤と青を美しく彩っていた。

窓のある部屋で、聖母は幼いキリストを抱き、熱心に祈禱書を読んでいる。幼子はマリアの顔を無邪気に見上げ、右手は聖母の手の形を真似てみせる。左手が握るのは、受難を意味する荊冠《けいかん》と三本の釘。マヨリカ焼きのボウルに入った果物も、象徴的にその運命を示唆している。桜桃は受難による犠牲を、イチジクは復活を表す。プラムは聖母子の間にある愛情を示すが、それを強調するのがヴェールだろう。幼子に向かって垂れる薄布は、聖母の静かな愛情を可視化したようにも見える。

この絵にはもう一つ、光背という形で透明な聖性が表現されている。聖母子の頭部を囲む光は、黄金の刺繡を施したように精緻な模様を描く。レース状の透かし模様のおかげで、光背は静謐な室内に甘やかに溶け込み、自然光にはない神秘性を放つのだ。

（一四八〇～八一年頃、ポルディ・ペッツォーリ美術館蔵）

3　ヒエロニムス・ボス〈快楽の園〉（中央部分）

時折、ヒエロニムス・ボスの描いた物に触ってみたいと思うことがある。植物や動物が奇妙な具合に混ざり合ったようなオブジェ。得体のしれないそれに触れたとしても、正体をつかむことなどできないはずだ。うっすら生温かく柔らかい感触に出会って、余計に不安な気持ちになるだけのような気がする。

特にそんなオブジェが目につく作品の一つに、三連祭壇画〈快楽の園〉の中央パネルがある。人工楽園じみた風景の中、享楽に耽る裸体の人々がひしめき合う。川の中やほとりで、半身半獣や架空の動物が戯れ、ピンクや青の建築物が植物や甲殻類めいた姿をさらしている。そのあちこちに、ガラスに似た透明な物体が使われていた。

奇妙なガラスの描写は、人混みの間にも顔を覗かせる。円筒容器や針鼠を覆う球体。朝顔の花のような透明な笠を女性は被り、恋人たちは半球状の覆いやひび入り球体に籠る。

これら小道具は、植物と融合しているせいか、ガラスというより透明なゼラチンめいた印象がある。それ故に、触れたら簡単に破れてしまいそうな、有機的でどこか不確実な印象がつきまとう。

（一五〇〇年頃、プラド美術館蔵）

4　ウィレム・クラースゾーン・ヘーダ
〈メッキされたゴブレットのある静物画〉

食事の途中で席を外したかのように、テーブルの上は食器や杯で雑然としている。ピューターの皿に、殻つきの牡蠣やちぎりかけのパンが並ぶ。白のダマスク織りのテーブル掛けがくしゃくしゃに丸められ、そこに銀製食器や黒い柄のナイフ、半分ほど皮を剝いたレモンが転がる。奥には溝を刻んだガラスの水差しや、緑がかったレーマーグラス、細かい装飾が彫られた金属容器などが林立する。

十七世紀オランダの静物画は、描かれる対象によって細かく分類されてきた。テーブルに贅沢な食事や食器類が置かれた絵は、「朝食画」もしくは「晩餐画」と呼ばれる。そして、このジャンルの特徴として、見事な写実性が挙げられる。布地や食べ物、金属やガラスの質感の違いが正確なまでに再現され、実際に触れているかのような錯覚をもたらす。

さらに静物画には、この質感を活かした仕掛けが見られる。それは鏡だ。ガラスや金属の滑らかな曲面は、周囲の光景を映す鏡となる。ここでは、レーマーグラスの表面や注がれた水に、光が差し込む窓や外の景色が映し出されている。このようにして、絵に直接描かれない室内という舞台が暗示される。

（一六三五年、アムステルダム国立美術館蔵）

5　ジャン・シメオン・シャルダン〈シャボン玉遊び〉

スイカズラのしな垂れる窓辺で、白いシャツに茶色の上着をまとう青年が、真剣な面持ちでシャボン玉を膨らませている。窓台に肘をつき、黒いリボンで髪を一つに結った頭を傾け、彼は透明な球体を見つめる。それに同じくらい熱心な眼差しを注ぐのが、羽根付き帽をかぶった子供だ。窓台に置いた石鹸水のコップに、細いストローがもう一つ挿してあるので、子供は自分も誘われるのを期待しているのかもしれない。

シャボン玉遊びは、十七世紀オランダ絵画を中心に、日常を切り取った場面で扱われてきた。シャボン玉は、生の儚さや虚しさを寓意的に描いた「ヴァニタス」という静物画のモチーフでもある。風が手元を揺らしたり、ほんの少し息を強く吹いたりするだけで、あっけなく割れてしまうのだから。

シャボン玉の表面は、スイカズラの緑や反射する光を微かに映すが、はっきりとした形を結んでいない。というのも、ゆっくり膨らむそれは、今にも壊れてしまいそうな、不安定な鏡だからだ。シャルダンはストローを持つ手や息の震えを捉えているのか、未完成の球体は微かにぶれて見える。

（一七三三〜三四年頃、メトロポリタン美術館蔵）

6　アルノルト・ベックリン〈ウェヌスの誕生〉

天空の神ウラノスの性器が切り取られ、海に投げ込まれ、白い泡が生じた。そこから生まれたのが、美の女神ウェヌス（ヴィーナス）である。この神話に基づき、「ウェヌス・アナデュオメネ（海より出づるウェヌス）」という図像が生まれた。そして、古代ギリシャの画家アペレスの失われた絵に関する記述から、貝殻の上に立ち、濡れた長い髪を絞る女神が描かれるようになった。

ベックリンの描くウェヌスは、穏やかな青を湛えた海の中から、ほっそりと立ち上がる。右手は布状の水をつかんで、下腹部を隠す。脚に沿って流れる水は、足元で白く泡立ち、波となって幾重にも広がる。海面に刻まれた波は、貝殻の形をしている。頭上ではプットーが二人、水の薄布を広げ、女神の上半身を包み込もうとしていた。

後に同じ構図で、画家は「ウェヌスの誕生」を二点描いているが、水を青く透ける薄布と表していない。ここでは、水が足元で裳裾のように広がるので、裾をレースで縁取られたドレスと見える。ウェヌスの脚は水と一体化し、それをまとう女神自身、水の化身のような印象を与える。

（一八六八～六九年、ダルムシュタット・ヘッセン州立博術館蔵）

7　グスタフ・クリムト〈愛〉

薄暗い靄を透かして、恋人たちの姿が朧に現れる。黄昏時の逢瀬を思わせる絵の中、眠るように静かに二人は口づけを交わそうとする。それを見守るのは、宙に浮かぶ顔だ。幼い少女に若い婦人、年老いた者たち。彼らは半ば空気に溶け込み、亡霊じみた姿を見せている。

子供と若い女性、老女という組合せは、ルネサンス期の絵画におなじみのテーマ、「女の三世代」を思い出させる。三人は人生の三段階を象徴すると同時に、若さや美しさが儚いものだと鑑賞者に警告していた。しかし、クリムトの絵では、生という時間の速さを示すのではなく、恋人たちの運命を告げる不吉な存在と映るのだ。

クリムト作品の特徴である金色が、すでにここに見られる。また、縦長の金地の絵という掛け軸風のスタイルに、当時流行のジャポニズムの影響が指摘されてきた。

しかし、金色は二人の逢瀬をより儚いものと強調する。男性が靄と同化して、透けているからかもしれない。それ故に、彼は死者なのだろうか、とふっと不安が過る。白い装いの女性は縋《すが》りつくように手を伸ばすが、愛はすでに別離という形に変わり果てているのだろう。

（一八九五年、ウィーン・ミュージアム蔵）

8　ルネ・マグリット〈田園の鍵〉

マグリットは身近にありふれた物を手に取って、日常を不協和音で満たしてしまう。家具や果物、食器などを組み合わせた絵の中、現実は静かに歪んだ表情を見せてくる。

彼の〈田園の鍵〉も、そんな奇妙な不安を呼び起こす作品の一つだ。部屋の中に窓があり、そこから外の景色が見える。小径《こみち》の延びる小高い丘と木立。淡々とした緑の風景を覆う薄青い空。同じ風景は、床に散らばる窓ガラスの破片にも見られる。つまり、割れた窓を通して見える外と、ガラス片の中の景色と、世界が二重に繰り返されている。

透明なガラスは、本来向こう側にあるものを見せる。しかし、マグリットは「外の世界」を表すカンヴァスと解釈した。窓に描かれたものは虚構の景色でありつつも、その向こうに広がるものと完全に一致する。この仕掛けによって、私たちが見ている対象への信頼は揺らぎ、「見る」という行為もまた不安定なものとなる。

破片に残像があるせいで、ガラスと風景の関係は見失われかけているのだろう。ガラスが透明であることを止めたこの場所では、現実も一気に不透明になってしまうのだ。

（一九三六年、ティッセン＝ボルネミッサ美術館蔵）

9　アンドリュー・ワイエス〈海からの風〉

開いた窓から風が吹き込み、レースのカーテンが柔らかくめくれる。カーテンは古く、所々ほつれ、模様が擦り切れて見えない箇所もあった。薄い枯草色の透ける生地の向こうに、景色が静かに横たわっている。淡い曇り空の下、なだらかな草原と暗い森が広がり、左の片隅に白く光る海が映る。

ワイエスはこの光景を、長年モデルを務めた友人のオルソン姉弟の家にある一室で目にしたという。画家はカーテンが翻る一瞬の動きを目に焼きつけ、風という目に見えない透明なものを絵の中に捉えてみせた。

風を描くと聞いて思い出すのが、ワイエスのこの作品と、タルコフスキーの映画『鏡』のある場面だった。草地を遠ざかる男性が振り返った時、風がさあっと通り抜ける。波打つ草の動きは、そのまま透明な風の軌跡となるのだ。

〈海からの風〉でも、古いカーテンが風の動きを留めている。そこに描かれているのは、過ぎ去り消えゆく時間の姿でもあった。レースには長年使われてきた痕跡があり、家や持ち主の歴史を表す。風と時間。見えない二つは絵の中で凍りつき、そして流れ続ける。

（一九四七年、ワシントン・ナショナル・ギャラリー蔵）

10　レメディオス・バロ〈鳥の創造〉

夜のアトリエで、梟《ふくろう》画家が机に向かって鳥を描いている。そばでは、卵を二つ繋げた形状の蒸留器が、窓の外から星屑を回収し、ガラス管を通してパレットに絵の具を抽出しているところだ。画家が右手に握る絵筆は、首から下げたヴァイオリンと白い弦で結びつき、紙の中に鳥の姿を生み出してゆく。そして、左手に持つ三角形の凸レンズは、窓から差し込む星の光を集めている。画家がそれを紙に当てると、描かれた鳥は実体化し、飛び立とうとする。

古代ギリシャ神話において、梟は女神アテナの聖鳥であり、叡智の象徴とみなされてきた。それ故、梟を擬人化したような人物に対しても、賢者や創造者のイメージが結びつけられる。その証拠に、アトリエに置かれた奇妙な器具は、錬金術を象徴するとのことだ。

バロの絵には、不思議な形をしたガラス製の装置がよく登場するが、透明な容器内で起こる現象は、不透明で謎に包まれている。植物めいた姿のそれは、夢や詩的イメージを原料として生み出された、一種の錬金術的な産物なのだろう。フラスコやガラス管、レンズなどガラス器具は創造の神秘を表しつつも、その実態は隠され見ることは適わないのだ。

（一九五七年、メキシコ近代美術館蔵）

III

小説を巡り歩いて

眼差しという語り
――ル・クレジオの神話性に包まれた子供たち

穏やかな一枚布のように広がる青い海。それを背に立つ十歳ほどの少年と目が合った。古書店で手に取った画集に、色褪せた写真が一葉、栞代わりにはさまれていた。写真はかなり古いものらしく、日焼けによる退色のためもあって、全体がセピア色を帯びていた。背景の海や空の青も、沖に延びる細い岩の小径や細々と生えた植物も、鮮やかな現実感を失い、遠い過去特有の静けさをたたえている。そこに佇む少年の笑顔もまた、何とはなしにメランコリックな印象が強かった。

目を細め口の端を上げて、写真の中の少年は内省的な笑みを浮かべる。それを見つめるうちに、私は二十年ほど前の夜の中に戻っていた。深夜にひとりで古い映画を見ていた時のこと、テレビの画面に淡く微笑む子供の姿が大きく映った。家や家族を持たず、名前しか分からない不思議な少年が、ある日突然現れる。彼は南仏の海辺の街を気の向くままに歩き回り、友達と短い時間を共有しては、静かに離れてゆく。アルジェリア出身の監督トニー・ガトリフは、『モンド』（一九九五年）という映画の中で、現実と夢想を溶け合わせ、たゆたう白昼の海のような時間を、少年のいた夏を描き上げた。この淡い哀しみに満ちた映画の原作が、フランスの作家ル・クレジオの短編「モンド」である。

一九七八年に刊行された彼の短編集『海を見たことがなかった少年　モンドほか子供たちの物語』には、この美しい短編を含めた八つの物語が収められている。そのすべてに共通するのは、子供たちの眼差しを通して夢想、もしくは夢想的現実が描かれていることだ。南仏の海や遠いどこかの国の山や草原、あるいは移民たちの居住区で、子供たちは憧憬に満ちた場所を自分で創り上げたり、外の世界に探しに行ったりする。しかし、それは単純に希望に彩られた話ではなく、周縁に生きる人々を取り巻く社会状況が、彼らの世界に翳りを落としていた。そして、子供たちもまた、いつかは夢想から身を引き離し、元の場所に帰ることを選ぶか、不在のまま誰かの空想に留まることになる。それを分かっているからこそ、彼らは子供とも大人ともつかぬ曖昧さの中にあり、不思議な透明性を湛えた存在となっている。

子供の頃、私は現実と空想の間で釣り合いを取ることを苦手としていた。読書や空想を通して、自分の内側にさまざまな色彩や光、風景の断片を運び入れては、パッチワークのように繋いでいたが、他の子供や大人の目にはがらくたの寄せ集めとしか映らなかっただろう。また、たくさんの本に囲まれていたものの、そこに書かれた子供たちと友達になることも難しかったと思う。伝記に記された偉人の子供時代は、歪みのないガラス玉のように完璧なものと目に映り、大人の雛形のようなその姿は私を怖気づかせた。そして、児童書の子供たちの多くはあまりにも屈託なく、眩しすぎて少し疲れることもあった。時折、内向的な子供たちのいる本と出会うことはあっても、物語が進むにつれて、大事にしていた空想を置き去りにして周囲に溶け込むことに、少し悲しくなったりした。

子供の目線で、内にあるイメージや外の世界を描いた作品は幾つもある。フランス文学から例を挙げるならば、アナトール・フランスの『少年少女』やヴァレリー・ラルボーの『幼なごころ』がまず思いつく。ページをめくれば、すぐにかつて小さかった自分の姿を投影して、感情が共鳴するかもしれない。しかし、ル・クレジオの描く世界は神話性を帯びている。広大な自然の描写は絵画的で、そこに子供たちの眼差しが重なると、音楽が遠くから鳴り響くような印象を受ける。彼らの心象風景はそのまま世界に隙間なく貼りつき、絵巻やタペストリーとなって広がる。そして、もう一つ特徴的なのが眼差しだ。先に挙げた二作でも子供の眼差しを描いているが、その目が映す光景は輪郭がくっきりとしており、語り手の存在感も大きい。それに対し、ル・クレジオの描く子供たちは眼差しだけを残して、そのまま世界に溶け込んでしまいそうな印象がある。彼らが見る／語ることで世界が立ち現れるが、いつしか見られる／語られるものに溶け込んでいってしまう。その時、子供の眼差しは透明になり、語り手の視点は俯瞰的なものへ移行してゆく。同時に、語りも個人という輪郭から解き放たれるのだ。これこそが自然や空想を一体化させ、神話性をもたらすのだろう。

私の小説の語り手や登場人物は、さまざまなモチーフと共に場所や時間の中に溶け込んでしまうことがある。眼差しを透明化してゆく過程で、人物と場所は互いに入れ子構造になるが、それはこの短編集から影響を受けたのかもしれない。そして、小説内の子供たちは、自分の内に世界を抱えつつ、時には思い切って外にそれを投影する。『貝に続く場所にて』のアグネスは、スマートフォン越しの距離や木彫りの羊を、『月の三相』のエーミールとクララは、紙の蝶の標本箱や面を通して、それぞれ記憶を抱えたまま外へ踏み出そうとする。

ル・クレジオの美しい短編集にはもうひとつ、海への憧憬が鮮やかに綴られている。「モンド」と「リュラビー」、そして「海を見たことがなかった少年」が描く海辺や海の姿は、幻想に満ちつつも現実の手触りの感じられる素晴らしいものである。それを読むと、私が子供だった頃に目にした海の記憶も、そっと立ち上がろうとする。気仙沼では、漁師のおじさんが足元に放り投げてきた蛸に大泣きし、岩沼の二ノ倉海岸で拾った橙色がかった巻き貝は、長い間私の宝物となった。眠れない静かな夜にそれを耳に当てると、遠くから海の声がこぼれ落ちてくる。静かな夜の声に続く海。この青の印象に重なるのは、震災より前とその後に訪れた海や、凍りつくように見つめた映像の中の津波であった。それでも、十年以上経って、ようやく私は幾つもの海の記憶の向こうに、巻き貝が囁く静かな海を思い出すことができた。

画集の中から出てきた写真の少年は、遠い海に去ってしまったモンドやダニエルのように、こちら側に取り残された私に静かに笑みを向けてくる。モンドを待ち続ける街の人のように、そしてダニエルの旅を憧憬する同級生たちのように、私もまた届かない海にいる少年に語りかけるのだろう。あなたのいる場所は、今日も穏やか？　しかし、夢想の先で揺らめく人影に、声も眼差しもたどり着くことはない。だからこそ、残されたままの私は、遠い場所にいる彼らの物語を書こうとするのだろう。

透明な二人称

目的地も曖昧なまま、途中にいるという感覚だけがある。それは、私にとって夜に至る迷宮や、冬の匂いを湛えた風の吹く場所と結びついているのかもしれなかった。

ドイツ滞在を始めた頃、ぎこちない言葉の錆を落とすために、フランツ・カフカの短編集を読み返した。昼が切り詰められ、夜が青に更けて引き延ばされる秋。カフカと季節の迷宮性は、面倒な手続きや生活の変化で不透明に混乱する私の状況をなぞっているように思われた。しかし、その秋めいた孤独に奇妙な形で終止符を打ったのもまたカフカであった。ある夜のこと、図書館で広げた本の中で、「皇帝の使者」と再会した。

死の床から皇帝が、〈君〉に宛てた伝言を使者に託す。それを復唱し、使者は走り出す。伝言は放たれた。しかし、それが〈君〉に届くことはない。宮殿は、終わりのない多重構造をなしている。扉は外ではなく、さらなる内部を暗示する。仮に外に出ても、そこに広がるのは街という別の迷宮でしかないのだ。それでも夕方となると、〈君〉は使者の到着を夢に見る。

この寓話の迷宮性は、私を魅了する。しかし、それ以上に私を惹きつけるのは、永遠に途中にあり続ける使者と、窓辺でその訪れを想う〈君〉の存在である。使者の目的地は多重の空間に阻まれ、ただ託された言葉と待ち人だけが、その進むべき方向を示すことだろう。だが、この話から〈君〉の姿は浮かび上がってこない。夕闇の夢想に潜り込むその顔は背けられ、永遠に不透明のままだ。

光沢のない黒い文字のような樹の影が、夜を深くする帰り道、自分もまた目的地のない途中にあることに気づく。その感覚は孤独ではなく、むしろ解放感に近いものだった。私は馴染みのない場所で、何か拠り所のようなものを求めていた。それは、〈君〉と呼びかけられる対象だったのだろう。人や絵画、彫像、断片的な風景など、言葉を向ける堅固な対象としての二人称。ある意味、閉ざされた頑なな関係だと思う。しかし、その夜、白く皓々と凍えていた月の下、二人称は透明なものへと形を変えた。私はまだ途中にいる。夜の中で見出したその感覚は、私と二人称との関係を紡ぎ直す。使者の到着を夢見る〈君〉に似た人。輪郭すら曖昧な人ならば、眼差しの中に閉じ込められることなどない。

この透明な対象は、絵画でも出会うことがある。その中のひとりに、アンドリュー・ワイエスの描く青白い孤独に沈む少年がいた。〈遥か彼方に〉と題された絵の中で、毛皮の帽子と黒い外套という装いをした少年が、冬枯れた草原にひとり膝を抱えてうずくまっている。風が静かに通り抜ける場所で、少年は骨の白さを思わせる手を固く組み、夢想に沈んだ眼差しを彼の内に向けている。

この絵が表すのは、こちらの視線を拒む少年の孤独の潔癖さである。たとえ言葉をかけても、彼は静かな水面のように私を無視し、沁みわたる冬の冷たさの中、肩が触れそうになれば身を引き離すことだろう。石の静寂に似た青白さをまとう子供は、彼方を想いながら、こちらの呼びかけに決して答えることはしない。

私の眼差しから顔を背ける〈君〉。彼らは遠くを夢想しつつ、こちらの手が届かない遠いところにいる。その様子は、目的地であってほしいと願う私の甘えを突き放しさえするものだ。これまで〈君〉と私が呼びかける時、そこに無意識のうちに自分を受け入れてくれる相手を思い描いていた。しかし、優しい理解者の眼差しに包まれれば動けなくなり、なし崩しにそこが目的地となってしまう。遠くまでゆくためには、途中にあり続けながら、自分の中にある甘やかな二人称を解く必要があるのかもしれない。小説を書く時、私が想うのは遠い透明な相手である。彼らは半ば不在でさえある。言葉や眼差しであらかじめ繋ぎ止めることのできない曖昧な二人称。その遠い自由さは、カフカの夢想者やワイエスの少年が想うものに続くはずである。そして、いつか〈君〉が彼方へ続く空想から少し覚めて、一瞬だけ眼差しを向けてくれるかもしれない。それを夢想する私は、夜の青に沈む迷宮や、風の音のする誰もいない絵の奥へ、今日もゆっくり足を進めてみる。

きなり雪の書

雪のある生活から遠ざかると、冬の感覚も少しずつ変化してゆく。ドイツの冬はどこまでも重たい灰色に覆われ、雪の白が含まれることはほとんどない。あの冴え冴えとした白の印象は少しずつ薄れ、記憶の奥深くへと静かに沈み込もうとしていた。しかし、今年の二月、ドイツを大寒波が襲い、イェーナの街も大雪に見舞われた。街の内外を繋ぐ電車の多くが不通となり、幾つもの場所が白く孤立することになった。

その状況に至る前夜、雪の気配が耳をかすめた。雪が舞い降りる時、空気はか細い震えに満たされる。その震えは何かの羽音を思わせ、夜の奥の空白を際立たせてゆく。ドイツ語を取りこぼす私の耳は、雪のさざめきだけは聞き洩らすことはなかった。

翌日、白く見慣れない街の中を歩き回った。大雪を相手に苦戦する通行人を横目に、私の足は雪渡りの感覚を思い出し、自然と軽快に動くのだった。そのまま駅近くまで行くと、雪の小山から顔を出す白い車が視界に入った。空しくあがくエンジンの呻き声に、私を含め何人もの通行人が集まった。雪をかき分け抜け道を作り、車の後部を押し続ける。やがて雪だまりから逃れた車は、ゆるやかに前進を始め、窓から伸ばされた手が柔らかく振られる。その挨拶に応えつつも、私たちはしばらく車の進み具合を見守った。危なっかしく去りゆく白い車と、それを見送る者たちの構図。頭の中で、『鏡の国のアリス』の場面のひとつが立ち現れる。落馬を繰り返す平衡感覚のない白の老騎士と、チェスの国に入り込んだ少女。車がようやく除雪された道にたどり着くと、私たち俄《にわ》かアリスはそのまま静かに散っていった。

　雪で輪郭も曖昧な街の中を、さらに通り抜ける。曲がり角の奥、そこに広がる不思議な白の世界の断面は、冬の絵画を表している。ブリューゲル、ユトリロ、ワイエスなど、異なる時代と場所の画家たちの白を並べた雪の画廊。そこを歩く私の目が探すのは、仙台の静かな雪景色だった。雪で街の印象が変われば、二つの冬の隔たりは失われるはずだった。しかし、記憶する冬は、目の前の雪景色と重なることはない。何故かと考えるうちに、ようやく違和感に気づいた。雪の色である。街を覆い隠す白には、別の色彩が淡くにじんでいた。きなり色。ベージュを薄く刷《は》いた雪は、仙台で見知った青や灰色を秘めた白とは異なる。通りに面した建物の砂色の残像なのかもしれないと考えたが、きなり色は雪の表面にじんわり留まったまま消えることはなかった。

帰宅すると、同居するCは大雪について誰かと電話で話していた。静かな会話が終わるのを見計らって、雪にまといつく奇妙な淡彩について尋ねてみた。錯覚ではない、と彼は言う。この雪は砂を含んでいるから。訝《いぶか》る私に向かって、Cは淡々と説明を重ねていった。この二月、サハラ砂漠の砂が大量に吹き上げられ、地中海を越え、ヨーロッパの上空を覆っている。アルプス山脈を越えドイツの南にまで届いた砂は、大気圏上空で寒波と出会い、空中の水分が砂を核として凝固し雪の姿をとった。だから、この雪はサハラ砂漠の砂の色を映している。

灼熱の断片を内に包んだ冬の結晶。頭の中に広がるのは、二つの色彩の軌跡であり、それが雪の形にたどり着くまでの長い旅。街を覆うのは、本来はかけ離れた印象を重ね合わせ、砂漠の幻想を閉じ込めた冬の絵画であった。

この雪の色が導く、あまりにも深く美しい文章がある。W・G・ゼーバルトの『土星の環』でもまた、砂と雪が結びついている。それは冬の情景ではなく、イギリスのあるフランス文学研究者の書斎においての話であった。彼女が語り紡ぐのは、フロベールを苦しめた砂だった。作家を襲う書くことへの懐疑が、頭の中で砂塵の形をとったのだという。事実、彼の小説にも、サハラ砂漠から飛来する砂が象徴的に顔を出す。その砂嵐的な世界観について語る研究者の書斎は、膨大な書き物に占められ、語り手に紙宇宙とまで言わしめるほどだ。室内が薄暮に沈めば、紙の白は際立ち、床を覆うそれは雪原の印象をまとう。研究者の膨大な記憶は、フロベールの夢をも覆う砂塵の幻想を取り込み、書斎を覆いつくす雪となって溢れ出す。時間や空間を隔てて重なる雪と砂。両極の印象が隔たりを越えて出会うこと。それは、ゼーバルトの書物の中、雪の白をまとうページ内でもまた、砂の言葉となって結晶化していた。

夜になってまた雪は降り始めた。暗くなるにつれ白がますます際立ち、街灯の光の輪の中、雪は淡い翠を帯びたものとなる。きなり色の印象が消えると、その白は私の過ごした仙台の冬の夜を少し呼び寄せる。凍りつく冬の夜、足元の白と空を覆う黒の深い対比の中を俯き歩く私の影。それがぼんやり雪に投影され、やがて白にのみ込まれ見えなくなる。その遠い風景にさらに重なるのは砂嵐と紙宇宙であり、その二つを内包した記憶と旅の書でもある。降り続ける雪の奥には、今も砂が眠っているのだろうか。雪と記憶の層に私は目を凝らし、その白い書の中にきなり色の文字の気配を探し続けた。

眠りの鳥類学

昨年の五月の終わり、エアフルトに暮らす友人Jの家に夫のCと夕食に招かれた時のこと、初めて小さな鳥類蒐集家の部屋を見せてもらうことになった。わたしの鳥を怖がらせないで。五歳になるJの娘は真面目くさった口調で告げると、勿体ぶった様子で扉を開けてみせた。彼女の部屋は、鳥を象った玩具や飾りでいっぱいであった。棚にところ狭しと並ぶのは、華やかに彩られた鳥人形に、丸みのある木彫りや焼き物の小鳥たち。小さな寝台の真上には鳥のモビールが下がり、私たちの侵入に驚いて微かに揺れる。そして、壁に掛かったカレンダーは、鳥の美しい静止像を幾つも閉じ込めている。薄い夕闇に沈んだ空間は、見知らぬ鳥の奇妙な存在感で、無音のざわめきに満ちているような気がしてならなかった。

夕食後、仄白く静かな宵を過ごそうと窓を大きく開け放ち、Jは灰色の夕闇を部屋に招き入れた。この時期になると、夜九時を過ぎても昼はもったりと長引き、辺り一帯が街の見る夢にのみ込まれたような具合となる。通りを走る車も、そぞろ歩く人たちも、白っぽい静けさを破ることなく、淡い夜の丸みに沿って遠ざかってゆく。この夢と地続きの感覚を楽しもうと、明かりもつけない薄墨色の部屋で、私たちはゆったり影に浸る姿勢をとっていた。

しかし、部屋の外で微かな気配がしたかと思うと、小さな鳥類蒐集家が扉をきしませ姿を現した。寝台から抜け出したその姿は、黄色い鳥の絵がプリントされた薄緑の寝間着に包まれている。この薄明るい夜は、子供から眠りを奪うらしい。春から夏にかけて夜が短くなる季節、子供と親の間では就寝前の戦いが繰り広げられるとのことだ。柔らかな灰色の光がカーテン越しに部屋をぼんやり白くするため、子供から夜と眠りの感覚が抜け落ちてしまうのかもしれない。そのためにJもまた、小さな鳥類蒐集家の寝かしつけにひどく骨を折っているようだった。眠くないのは明るいせい。目が閉じてくれない。そう甘える子供をなだめるJの声は、夕闇の淡く静かな響きを湛えている。しばらくすると、声はゆっくり二羽の鳥の名を転がり落とす。あなたは夜の梟じゃなくて小さな雲雀。だから、もう寝る時間。

昼の雲雀と夜の梟。ドイツ語では、眠りと活動のサイクルと鳥の名前が結びついている。昼行性の人は朝早くから囀る雲雀（Lerche）に譬えられ、夜行性の人は森の奥で鳴き声を籠らせる夜の梟（Nachteule）と称されるのだった。言葉の上では当たり前のように姿を見せるこの鳥たちだが、実際のところ目にする機会は珍しいのかもしれない。涼しい白が朝の空気を染め上げる時間帯、光の粒を撒くような雲雀の声は、黒ずんだ葉を映す川の面を滑り、街の中に点在する森の断片を揺らすものの、鳥影がそこに紛れ込むことはない。そして、書物の中でも雲雀の姿は透明に隠されている。シェークスピアの描くジュリエットの耳に、後朝《きぬぎぬ》の別離を告げるのは雲雀の歌であり、シェリーの詩の中でこの鳥は鮮やかな歓喜の声となって空を舞う。萩原朔太郎のもとに現れたかと思えば、空想の雲雀料理に変容し、囀りどころか味の存在感だけが濃厚である。その不在性のために、私の頭の中で雲雀は「日玻璃」という字をまとう。日差しに透け、姿形の見えないガラスめいたもの。声だけがその輪郭を浮かび上がらせる。しかし、梟は雲雀以上にイメージの中から出てくることはない。ギリシャ神話の技芸と戦いの神アテナの聖鳥として付き従い、ヒエロニムス・ボスの不気味に美しい世界で画家の分身として目を光らせるなど、絵画で梟は幾重にも寓意をまとって頻繁に顔を覗かせる。梟という漢字の通り、この鳥は半ば樹木と一体化した印象に覆われ、その存在感を溶かし込んだ森とは切り離すことができないのかもしれない。

眠りは白や斑入りの卵となって人をくるんでしまう。その中で、ゆっくり輪郭がほどけるうちに、心細くなった身体は羽根に覆われ、かりそめの鳥のようなものに転じるのだろう。寝つきの良い雲雀たちに訊けば、寝台に身体が沈むと同時に浮遊の中にあり、硬く疲れた石となってどこまでも落ちていこうとも、底に届く前に柔やわと軽さを思い出すとのことだ。彼らは、眠りの軽やかな飛翔感覚を身に着けているのだろうか。

子供の頃からすでに、私には夜の梟の感覚があったような気がする。眠りに潜り込むのが苦手で、寝台の中で夜が更ける微かな音に耳を澄ませ、明け方近くになってようやく微睡むことを幾度となく繰り返してきた。不眠の夜になると夢想は勝手に溢れ出て、暗闇を映写幕代わりに、鮮やかな色彩の残像となって踊り流れてゆく。寝つきの悪さに加えて、喘息持ちで病気を繰り返していたことも、不眠の感覚を強めた原因なのかもしれない。病気の度に、睡眠時間は狂わされてゆくからだ。明るい昼間、熱でぼんやりと歪んだ重たい眠りに沈めば、夜の眠りは浅くなる。喘息で浅く雑音交じりの呼吸を繰り返す身体は、眠りという暗い水の縁に打ち上げられ震えるだろう。それを木の上から梟がじっと見下ろし、奇妙な不眠の鳥は嘴を大きく開けて私を呑み込もうとする。咳込む喉の奥に、見えない羽根が詰め込まれた感触。不眠の場合、身体そのものではなく、その内だけが部分的に鳥に変容するようだった。

喘息が落ち着いてきた今でも、不眠の鳥は相変わらず身の内に巣食っており、時折はたはたと落ち着かなげに羽をそよがせたりもする。雲雀や梟以上に、その鳥の姿形を捉えることは不可能な上に、声といった存在感すら示すことはない。鳥類学的に名前のない不穏な鳥。旅先や見知らぬ場所の寝台に潜り込む度、部屋の暗がりに溶け込むかたちで、その気配らしきものが曖昧にざわめき出す。すると、皮膚の下で中途半端に生えた羽が毛羽立ってこすれ合い、ますます眠りから遠ざかってしまうのだ。

雲雀になるべく、小さな鳥類蒐集家は眠りの巣へ連れ戻される。Ｊに抱きかかえられた子供の寝間着の裾が揺れると、それは飛翔に備えて震える鳥の尾羽と目に映るのだった。梟めいた彼女の目と視線が合うと、それは笑み細められ、そのまま眠たげに閉じられる。もうすぐ鳥たちの待つ部屋で、子供は白く柔らかな卵の殻の内に沈み、緩やかに羽根をとって夜を渡ることだろう。彼女の蒐集した鳥の中に、奇妙な無形の不眠鳥の姿がなかったかどうか、私は頭の中で羽根の感触を思い出そうとする。

ドストエフスキーの月と蛾

夏の夜、青ざめた光を放つ街灯の周りで、薄墨色の影が幾つも舞うのを目にする。小さな光にまとわりつく蛾。通りに等間隔に並ぶ人工の灯りは、夜闇を照らしはするがどこか白々しく、地面に落ちた長い影は非現実的な夢の檻にも似た形を結ぶ。白と黒の際立つ青の範囲に閉じ込められたまま、影の蛾は執拗なまでに舞を止めることはない。

蛾が街灯に群がるのは、それを月だと錯覚しているからだという。この奇妙な舞踏は、光に向かって移動する「走光性」に因《よ》るものであり、夜行性の蛾は本来、月の光へ引き寄せられるはずなのだ。しかし、街灯が夜を照らすことで、蛾は小さな人工の月に惑わされるようになる。影たちはおそらく一晩中、偽りの月を求めて孤独に飛び回るのだろう。いちどその光に囚われたら、逃れることはできないのだろうか。時折耳を掠める、ぱたりと薄っぺらい羽音は、影が地面に落ちるまで続くのかもしれない。夜が訪れる度に、立ち並ぶ無数の月の下で、終わりなき静かな舞踏は繰り返されるのだ。

月の錯覚に囚われた蛾。ドストエフスキーの小説には、この狂おしい走光性に突き動かされる人間が幾人も登場する。まず思い浮かぶのは、『罪と罰』のラスコーリニコフや『カラマーゾフの兄弟』のイワン・カラマーゾフだろう。彼らの目には、空に懸かる月が映らない。そこで、何かを月に見立てるのではなく、重く深い闇夜に月そのものを自ら作り出そうとした。前者は、社会の福祉や正義のために、少数ながらも新たな秩序を導くことのできる非凡人には、現行の法律を超越する権利があるとみなしていた。一方、後者は罪のない子供が苦しみ嘆く世界そのものを拒否し、それを看過する神の価値基準や存在を認めないと断言する。これこそが、不条理な世界における彼らの「神の不在証明」だった。月はすべてを光の中に置くことはできない。必ず光の届かない深い闇をもたらす。果てしなく広がる夜の暗さを見つめる二人の青年は、光の全能性に疑いを抱いたからこそ、それに代わるものとして人工的な月を置いたのである。

しかし、両者が作り出すことができたのも、結局のところ街灯の光でしかなかった。同時に、彼ら自身もまた、それに向かって絶え間なく舞い続けるだけの蛾に過ぎない。辺りを見回せば、過去に作られた同様の光源が幾つも打ち捨てられ、暗闇に青ざめた光を投げかけていることに気づくだろう。こうして、それぞれが夜の中を自由に移動できないまま、自ら作り出した光の範囲に囚われてしまうことになる。さらにこの月擬《もど》きは、月の属性ともいうべき現象をもたらすのだった。幻想や夢、幽霊、そして鏡像としての分身などが入れ替わり立ち現れては、限定的な光の中でもがき続けるラスコーリニコフやイワンを惑わしてゆく。現実との境も曖昧な夢、熱病のように神経的な高ぶりが引き起こす幻覚、部屋や通りに現われる幽霊が、彼らの理論とそれに身を捧げる青年たちを嘲笑う。そして、この人工的な月は、同類の蛾も引き寄せてしまうのだ。ラスコーリニコフとスヴィドリガイロフ、イワンとスメルジャコフは、それぞれ鏡像関係を作り上げている。この二人の分身的存在もまた、人工的な光源に月を重ねて飛び続ける蛾であった。

青ざめた偽りの月に酔いしれ、蛾たちはその理論に合わせて現実の方を作り変えようとする。しかし、それは彼らの思い描くような高潔さからかけ離れ、醜いパロディーに過ぎないことを突きつけてくるのだ。彼らは光源に体当たりを繰り返すうちに、いつしか自らの月への渇望が色褪せていることに気づく。その結果、スヴィドリガイロフとスメルジャコフという分身者は、夜明け前に地に落ちる蛾のように、最終的に自殺へと追い立てられていった。ラスコーリニコフはソーニャを通して、空に懸かる月の光の中で飛ぶことを選ぶ。しかし、スメルジャコフの告白と死に打ち砕かれたイワンは、昏睡と幻覚の中に閉じ込められたまま羽ばたき続けるしかない。

この人工の月は、分身のみならず、たくさんの蛾を引き寄せてしまうものなのだ。それは「大審問官」でも明らかである。早急に奇跡を求める民衆にとって、信仰の自由は身に余るものであり、逆に不自由とさえ感じる。人間の走光性を把握しているからこそ、大審問官や教会は、時間をかけて人工的な光源を作り上げ、民衆の間に浸透させてきた。狭い光の範囲内なら、蛾は光源を目指して集まり飛び交うことができる。しかし、天空の月の光の及ぶ領域では、移動の自由さや果てしなさに苦痛を覚える。だからこそ、キリストという月を壊すしかない、と大審問官は語り続ける。証明を終えた彼に与えられた赦しの口づけ。もしかしたら、それは一条の月の光が、一瞬身をかすめる感覚のようなものだったのかもしれない。

人工の光があふれるようになった世界では、夜を照らす月の光を見出すことは難しいだろう。早急な分かりやすい答えは、自由や開放的な視界を約束するようだが、実は狭い限定的な範囲を歪めて見えやすくしたに過ぎない。しかし、その類の光を求める蛾たちは、夜闇を照らす街灯に群がることになる。それこそが月だと信じこんで。

小説を書く時、私もまた月を探し求め続ける一匹の蛾となる。紙に浮かび上がる文字は月へ向かおうとするのか、それとも街灯を月と錯覚しているだけなのか、ふと惑うこともある。私の中の分身的な声がそう囁く時、黒々とした文字はざわりと音を立てて羽ばたこうとする。すると、あのぱたりという小さく反復する音が、耳の中で執拗に鳴り響くのだ。

蝶と蝶捕り人の変奏するイメージ

イェーナで暮すようになったある土曜日のこと、夫のCが植物園に行こうと提案してきた。ゲッティンゲンに住んでいた頃も、ハイデルベルクの下宿先に滞在している時も、不意に思い出したように彼は植物園の名を口に上らせ、その度に二人で緑の空間を歩き回った。幾何学的に配置された花壇、中世の修道院のものを再現したハーブ園、様々な色に弾けた満開の花灌木の立ち並ぶ小路。ねっとりとした草いきれや嗅ぎなれない奇妙な香り、時には重たいほど甘い花の気配に息を詰まらせながら、見知らぬ姿と名前にあふれた場所を通り抜けていった。

イェーナの植物園も何気ないCの言葉をきっかけとして訪れたが、思いがけず私はそこに幾度も足を運ぶようになる。二〇一九年五月に初めて訪れた時、ガラスの温室はあたかも別の土地を切り離して貼り合わせたかのように、息苦しいほど暑かった。壁や天井は緑に隠れ、薄ぼんやりとした空がわずかに覗くだけなので、ガラス越しに外の世界と繋がっていることが次第に信じられなくなっていた。この見慣れない森の断片や樹木の迷路が、すでに外をのみこみ、街の姿はかき消えているかもしれない、と熱を帯びた緑に私は半ばぐったりとしていた。

断片的に繋いだ森を順路通りに進むと、やがてガラスの天蓋の下に広がる水辺の光景と出会う。部屋のほとんどを占める人工池には、盥か小さなボートほどもある円形の葉っぱが無数に浮かんでいた。南米の熱帯域を流れる川に自生する大きな睡蓮、ヴィクトリア・クルジアナと札には名前が記されている。この植物にちなんで、熱帯を再現した温室は、ヴィクトリア・ハウスと呼ばれていた。背の高い樹木や蔓が鬱蒼と水面に身を乗り出し、そして揺らぐことのない水鏡の下にはピラニアが潜んでいる。しかし、視線を引き寄せたのは、幾重にも色彩を閃かせる断片だった。熱帯地方に棲息する蝶は、黒の輪郭の内に鈍い光を閉じ込め、鮮やかな色彩を瞬かせる。翠や黄色、濃紺や白、ネオンめいた水色、甘やかな紫、そして埋火のような緋色。それらは時には暗く影を帯び、時にはぎらりと鱗粉を浮かび上がらせては目の前を横切り、緑の上で身を休める。人工池を取り巻く回廊は、蝶の集い舞う場所でもあった。

毀れたステンドグラスが化身した蝶の棲む水辺。最初にマリーア・Kと出会ったのも、その息苦しい熱帯庭園だった。針金のような身体つきをした六十歳ほどの女性。ただ二度だけ言葉を交わしたその人は、私の中で「蝶の人」として後から思い出されることになる。

儚くも鮮やかな姿で、あるいは時を止めた標本として、蝶や蛾はW・G・ゼーバルトの作品の中を舞い続ける。彼らの小さな姿は、この亡き小説家のカメラのような眼差しで、博物学的に精密に描かれる一方で、寓意的な肖像としての意味も与えられていた。

ゼーバルトの『移民たち　四つの長い物語』には、蝶を捕る人の姿が変奏的に現れる。引退した医者、教師、執事であった大叔父、画家といった四人の人物が異郷に身を置き、それぞれが過去と切り離され大きな喪失にのみこまれ、その苦痛を抱えたまま死へと向かうことになる。場所も年代も、そして背景も異なる四人の物語には、必ず蝶蒐集者の姿が小さく閃くように紛れ込んでいた。語り手の大叔父アンブロース・アーデルヴァルトは、イサカで蝶を追う人物を幾度も見かける。「蝶男」と呼ばれるこの中年男性は、白い網のついた柄を握り、おかしな跳躍を繰り返す人としてアンブロースの語りの中に登場する。同様に、画家マックス・アウラッハは、スイスのグランモンという山の上で、白いガーゼを張った蝶捕り網を持つ初老の男性と出会う。不意に湧き起こった、高所からはるか下に向かって身を投げるべきだ、という画家の内なる声をなだめすかし下山を促したのが、どこの国のものともつかぬ英語を話す「蝶男」だった。そして、マンチェスターのアトリエでアウラッハが取り組む絵画のタイトルが、〈捕蝶網を持った男〉である。それだけにとどまらず、画家の母親ルイーザもまた、若い頃に蝶を捕る少年と出会っていた。彼女の手記の中で、十歳ほどのロシアの少年は、捕った蝶を胴乱から解放する幸福の使者として描かれている。

四つの物語内で反復される蝶を捕る男性は、ウラジーミル・ナボコフの肖像でもあった。ロシア十月革命で故国を離れ、ケンブリッジやベルリン、パリでの滞在後、アメリカに逃れて英語で作品を書いた小説家は、蝶や蛾の研究家としての顔も持ち合わせていた。そのために、『移民たち』では奇妙な蝶捕り人と併せて、ナボコフを示唆する仕掛けが見られる。医者ヘンリー・セルウィンが語り手に見せた写真では、捕蝶網を手にした彼自身がナボコフの肖像となり、小学校教師パウル・ベライターの後半生と死を語るルーシー・ランダウが、彼と出会った際に読んでいたのはナボコフの自伝であった。この自伝『記憶よ、語れ』について、ゼーバルトは『カンポ・サント』の「夢のテクスチュア」でとり上げている。自らを「蝶採り男」と称したナボコフは、講演会での暗殺によって父を、ハンブルク郊外の強制収容所で弟を失い、彼自身は故郷や幼年期と切り離され異郷に在り続けることになる。ゼーバルトの四人の物語や他作品の異郷者のように、強制的に土地から追われてはいないとしても、ナボコフという蝶捕り人もまた、「移民たち」のひとりだったのだろう。

水辺の回廊にいた女性は、蔦の陰に翅を休めた蝶の写真を撮ろうとして、小さな鞄を落としてしまった。騒々しい音を立てて通路に、色鉛筆が鮮やかに散らばる。空気の震えを感じ取ったのか、木の陰から蝶が飛び出し、視界は無数の色彩であふれ返った。床と宙に散らばる色彩の断片。混乱した女性はわずかな間、静止像となってしまうが、すぐに床に屈み込み拾い集める。Cと私もそれを手伝い、やがて箱の中に色鉛筆は欠けることなく収まった。その頃には、空中でばらばらになったモザイク片も落ち着いて、緑の上や陰に身を横たえていた。そして、ベンチの下に転がる小さな厚いノートを拾い上げて彼女に渡そうとした時、鮮やかな赤と黒々とした眼差しが私の目に飛び込んでくる。不気味にぽっかりと開いた穴のような目。ノートに描かれたものについて訊くと、女性はクジャクチョウという名前を挙げた。ドイツ語で「昼孔雀の目」と呼ばれる赤茶色の蝶のことだ。彼女はノートをめくって別のページを開き、黒い目のついた灰と茶の混じった翅を見せた。似た名前で「夜孔雀の目」と呼ばれる蛾もいます。オオクジャクヤママユもその一つでしょう。昼と夜、蝶と蛾の違いはあるが、名前の通り翅の上には、目を思わせる模様がどちらにも並んでいる。鳥などの外敵を追い払うためのそれは、その時は威嚇を帯びたものには見えなかった。むしろそこにある目は、ひたすらに対象を見つめたまま、何かを深く汲み取ろうとするか、あるいは潤んだその表面に、対象を静かに留めておこうとしているかのようだった。思わず見入っているうちに、突然視界の隅を赤が閃き過る。それに驚いて目を上げると、池の周囲の柵に暗い赤色をした蝶が留まったところだった。そこに黒く見開いた目はなく、ただ熾火のような緋色が呼吸するように瞬くだけである。

熾火の赤い色は、珍しく晴れた二〇一八年十一月九日の光景へと続いてゆく。その日、ある通りに面した白い家の前の歩道に、赤い薔薇と小さなコップローソクが二つずつ置かれていた。近づいてみれば、それらは埋め込まれた正方形の真鍮板に添えられたものだと気づく。掌よりも小さなそれは、躓きの石と呼ばれている。そこには、かつてこの場所で暮らしていたユダヤ人の名前と生年月日、移送された年と強制収容所の名称、そして没年が刻まれている。微かに風が通り過ぎる度に、赤い薔薇の花弁は翅を震わせる蝶のように、真鍮の銘板の表面を静かに撫でる。蠟燭と花は、「帝国襲撃（ポグロム）の夜」の追悼を表していたのだ。

一九三八年十一月九日の深夜から十日未明にかけて、ドイツの各都市でユダヤ人に対する暴動が起きた。住居や店舗、シナゴーグが襲撃され、住人も暴力の対象となった。割れたショーウィンドウのガラスが散らばった様子から、「水晶の夜」という名称が与えられていたが、現在のドイツではそれが使われることはない。その言葉の美しい響きはあまりにも皮肉であり、残酷な襲撃事件の実態とかけ離れているからだ。

名前を抱く肖像の記録が足元にあること。石畳に交じって冷たく光るそれを決して踏まないよう通りを歩く癖を、私の足は覚えていった。真鍮板が幾つも並び、記憶のモザイクとなる場所に出会うと、リューベックの聖カタリナ教会のことが頭の中を過る。かつて職人の教会とされた建物では、十六世紀ヴェネツィアの画家ティントレットの宗教画〈ラザロの復活〉をはじめとして、竜退治する聖ゲオルギウスの彫像、部分的に残る壁画や木彫を見ることができる。その美術館的な装飾とは対照的に、教会の主祭壇の奥、がらんとした薄闇に包まれた領域は、死者の記録のための場所だった。かつてこの教会に寄進した人たちの名前が石に刻まれ、それが教会の床一面を覆っている。踏まれてすり減ったそれは、長い時間の中で色褪せていった肖像のモザイクなのだろう。しかし、何もない影に包まれた場所から、光の射しこむ領域を眺めた時、そこに浮かぶ境界線のように、死者の在り方にもまた大きな隔たりがあることに気づいた。この石に刻まれた名前のほとんどは、二分された向こう側から静かに影の中へ移動し、満ち足りた眠りに包まれているはずだ。だからこそ、数百年も前の死者たちは教会の一部、つまり場所に溶け込んでいるのだろう。

それに対し、暴力的に時間や場所から切り離されてしまった人たちもまたいる。暮していた場所から突然引き離された時、忘却の中に消え、個人の名前や記憶は取り戻せなくなるのだ。忘却に刃向かうためには、不在の人の肖像を呼び起こさなくてはならない。その時、躓きの石という形で記録された住居は、街並みや風景の一部ではなく、失われた顔の肖像の輪郭を明らかにするのかもしれなかった。

九日の夜、白い漆喰塗りの家のそばでは、コップローソクに火が灯され、目に痛いほど鮮やかに炎は暗闇に輪郭を浮き彫りにしていた。ちろちろと風に揺らぐその赤い蝶は、夜にのみ込まれないよう、小さな魂のように静かに震えていた。

私は森やこの温室に棲む蝶を写真に撮って、調べて記録しています。ノートには一緒に、蝶や蛾をもスケッチしていますが。そう説明した後、マリーア・Kと名乗った年配の女性は、Cや私のために蝶の庭を含めた植物園の水先案内人となってくれた。十六世紀まで遡るイェーナの植物園は、大学の医学部の薬草園から始まり、テューリンゲン地方に棲息する植物が蒐集され、やがて海を越えて熱帯の植物の成育にも取り組むようになった。様々な緑がモザイクとなる場所を抜け出すと、広々とした中庭にたどり着く。そこに気まぐれな黒猫が入り込み、陽射しに目を細めてベンチの上に寝転がっていた。マリーア・Kと顔なじみなのか、横に腰を下ろしても猫は唸ることなく、彼女の脚に身体をこすりつけるだけだった。

植物園の発展とは別な意味で、イェーナという街にはモザイクめいた印象が色濃くある。例えば、それはイェーナ西駅から外に足を踏み出した時の光景。バスが走る通りの突き当りの石垣と灌木や蔦、その間から覗く古びた建物に、かつて目にした北仙台の風景が透明に重なってくるのだ。奇妙な既視感はさらに続き、光学機器の製造企業カール・ツァイスがかつて在った建物の辺りから、仙台の北四番丁の街並みが目の中に呼び起こされてしまう。銀色の円筒状のビルの立つその通りは、戦後の近代化による変容を連想させるのだった。

ゲッティンゲンやハイデルベルクと同じく、イェーナもまた古い大学都市としての顔を持ち合わせている。私が訪れ暮した他の街では、修復され様式がそろっていなくても、長く身を寄せ合う建物は時間に覆われてゆくうちに、だんだんと似通った顔立ちをみせるようになる。街並みという肖像に時間がやすりをかけ、その表面がなだらかになるせいなのかもしれない。おそらく重ねた過去という絵巻が、街の連続性を生み出すのだろう。しかし、イェーナの旧市街に足を踏み入れても、その感覚を得ることはない。十八世紀ドイツ・ロマン派に縁のある地なのに、どこか時間が歯抜けになったように、立ち並ぶ街並みはばらばらのまま統一感がないように見えた。

モザイクの印象は、第二次世界大戦時の空襲と切り離すことができない。イギリス軍とアメリカ軍により、一九四五年二月から三月の間に特に大規模な爆撃が繰り返され、街の中心部は壊滅的に破壊された。全壊した住居や店舗、そして死傷者の数から、イェーナはテューリンゲン州で二番目に大きな被害を受けたとされている。歴史的建造物も破壊の対象となり、何世紀にもわたる過去の顔は失われることになった。イェーナの産業の中心、カール・ツァイス社の光学機器は兵器に利用されたために、この街は大空襲の対象となったという。

マリーア・KとCの間で語られるイェーナの歴史に耳を傾けながら、私はマルグリット・デュラスの『愛人』の一節を思い出していた。ある時期に時間の圧力に襲われた顔は、急激に老化してしまう。やがて老化のスピードは遅くなり、新しい顔は時間の変化をそれほど受けることはない。しかし、その実質は破壊されたままなのだ、と。古く重ねた時間を感じさせないイェーナの旧市街という肖像もまた、破壊された痕跡が奥深くに残されたままなのかもしれなかった。

不在の肖像と破壊された顔。そのどちらもが時間の奥深く霧に包まれ、見えない誰かの輪郭だけをうっすら残している。そして、その霧の向こうから顔を取り戻すためには、ばらばらに打ち砕かれた断片をかき集めて、モザイクのように並べてゆく作業が必要となる。ゼーバルトは、記憶を丹念に拾い集めた小説家だった。ホロコーストの犠牲者や土地を追われた人々、そして空襲の成れの果ての都市が忘却に沈まないように、物語の中に挿入するのではなく、そのための物語を探し求めてきた。写真や記録に留められた個人の断片を手掛かりに、場所の歴史という大きな迷宮の中を進んでゆく。ゼーバルトはアリアドネの糸を用意し、語り手や異郷者に手渡して、過去という迷宮へ入るように促す。彼らは神話の英雄のように、怪物ミノタウロスと遭遇し、退治して帰還することはない。過去の奥に潜む何かと対峙しようとしても、それが不在であり、迷宮の奥に彼ら自身がのみ込まれて帰ってこないこともあるからだ。自らの苦痛に満ちた過去に続く人々は、故郷に帰還することも、故郷ではない場所に留まることも難しく、常に引き離された感覚に支配されるのだろう。

そして、戦争の記憶は、毀れたままの時間として内に抱えられているのかもしれない。

それは、何かの症状のように不意に姿を現すものなのだ。その場合、割れた過去の肖像は修復されないまま、ただ記憶者の前に浮かび上がることになる。ある時、戦争の残像として、Cは亡霊のような空腹の感覚に憑かれた伯父の話をしてくれた。一九三二年生まれの伯父は、戦争中に家族で東のシュレージエンに移住し、四五年に母親と二人の兄妹と共に西の方に逃げてきた。避難者を満載した列車を乗り継ぎ、時には何日も歩いた避難の間、食料が手に入らず、彼らは苦しいほどの飢えに苛まれ続けた。その記憶がずっとこびりつき、今でもCの伯父は冷蔵庫の中に古い食べ物をため込んで、腐っても捨てることができないとの話だった。

胃袋を満たしても、空腹の感覚が満たされないこと。それは、マーガレット・ミッチェルの『風と共に去りぬ』でも取り上げられている。南北戦争中、スカーレットは義妹メラニーや子供たちを連れて、彼女の故郷へと向かう。命からがらたどり着いても、最愛の母親はすでに亡くなっており、そのショックで父親は正気を失い、彼女が残った家族と奴隷と共に農地で働かなければならなかった。その間に体験した狂おしいほどの飢餓感は、戦後の彼女の生き方にも大きな影響を与える。中でも強く印象に残っているのは、レット・バトラーとの結婚後、ニューオーリンズへの新婚旅行中、スカーレットが次から次へと運ばれてくるクレオール料理を貪るように口にする場面だ。十分すぎる量の豪華な食事を平らげているはずなのに、空腹は埋まることなくそこに在り続ける。幽霊の胃袋を抱えた彼女の内にもまた、毀れたままの記憶が留まり続けているのかもしれなかった。

中庭でお喋りをした後、植物園を出たマリーア・Kは、プラネタリウムのある北の方へ去っていった。それから彼女に会うことができたのは、わずか二回である。二度目は二〇一九年の八月頃のこと、彼女は小さな連れと一緒に蝶の庭にいた。目元に彼女の面影をうっすらと漂わせる少年に、彼女は辺りを埋め尽くす蝶の乱舞を指差していた。その横で、少年もまた負けじと細い指を動かし、模様を描くように蝶の動きを追いかける。お互いに気づいて近づき挨拶をすると、彼女は甥の息子だと少年のことを紹介した。イェーナを訪れた一家を、彼女は植物園に案内しているところだった。他の連れは先に進んだが、蝶に興味のある少年とこの人工の熱帯に留まり、二人でじっくり観察しているとの話だった。蝶好きな子供が退屈そうに、手近の葉に手を伸ばそうとしたので、私たちは会話を切り上げて手を振った。また、そのうちに会えるかもしれませんね。笑みを浮かべて、彼女は少年と蝶の観察の続きに戻る。色彩の断片に囲まれた二人は、水辺を背にした美しい絵画の中にいるようだった。

三度目に彼女を見たのは、それから約一年後のことだ。二〇二〇年春先に始まったコロナ禍のロックダウン政策のために、植物園もまた閉鎖されていた。初夏になってようやく、新規感染者数が落ち着きを見せ、私は再び植物園を訪れることができた。蝶の舞う温室に入った瞬間に、人工池を囲む柵に腕を載せて物思いにふけるマリーア・Kの後ろ姿が視界に飛び込んできた。色鉛筆と蝶の観察ノートを入れていた小さな鞄を足元に置き、身じろぎひとつしない彼女は、蝶の標本のようにそこにピンで留めつけられているようだった。肘の近くに蝶が留まっても、顔のそばを鮮やかに赤い蝶が舞っても、水面と宙の間に横たわる曖昧な領域にその眼差しは固定されたままだった。結局、声をかけることなく私はその場を離れることになる。それは、視界に入ったマリーア・Kの手のせいだった。神経質そうに組み合わされた両手の指は伸ばされたまま、悲しみに強張っていると目に映った。奇妙な連想だが、影絵遊びで蝶を作ろうと握られた手の形にも似ていたかもしれない。そして、悲痛という意味で、それはもう一つの手を思い起こさせた。グリューネヴァルトの〈イーゼンハイム祭壇画〉の中央パネルに描かれた、マグダラのマリアの捩るように掲げられた手。それと同じ表情を、マリーア・Kの手は湛えている気がしてならなかった。

ゼーバルトの作品では、旅や移動の様子が多く描かれている。ある土地から別の土地へと記憶や過去をたどる彷徨《さまよ》い人や、過去の旅程を繰り返す人がいる一方で、ある土地に囚われたように離れることのない人物にも焦点が当てられていた。『移民たち』の画家マックス・アウラッハがそのひとりである。

ミュンヘンのユダヤ人家庭で育ったアウラッハは、ナチス・ドイツの圧力が強まる中、両親の手によって先んじて、イギリスに逃げた伯父の許に避難させられる。そしてそれが、両親との決定的な別離となってしまう。国外脱出の叶わなかった彼らは、強制収容所に送られて殺されてしまった。この生き延びた画家は旅の恐怖に囚われ、マンチェスターに引き籠り続け、かつて自分が育った場所から遠ざかってゆく。亡命後ただ一度だけ、異郷に留まるこの男性がイギリスを出たのは、フランスのコルマールからスイスのバーゼル、そしてレマン湖へ向かう旅のためだった。その途上で、画家はグリューネヴァルトの〈イーゼンハイム祭壇画〉を目にすることになる。

十六世紀前半に制作されたこの大型作品は、コルマールのウンターリンデン美術館に所蔵された三つの場面から成る多翼祭壇画である。第一場面の中央パネルには、キリストの磔刑図が描かれているが、最も苦痛に満ちた死をグリューネヴァルトは陰鬱な色合いで表した。腐敗したように変色したキリストの全身は、無数の傷跡で覆われている。捩れた腕や脚は枯れた樹木の枝めいて節が目立ち、荊冠に覆われた頭部はだらりと無気力に垂れ下がっている。このパネルの中のキリストは神性が限りなく剝ぎ取られ、苦しみに覆われた人間性が強調されることで、別の形で聖なるものを体現している。十字架を囲む聖母や聖ヨハネ、マグダラのマリアもまた、張り裂けんばかりの悲痛を身体の痙攣的な姿勢で表していた。これに相対したアウラッハは、深い苦悩のヴィジョンを絵の中に、そして自らの中にも見出し、根源的な部分で相通じるものを感じ取ることになる。

かつて聖アントニウス会修道院付属施療院の礼拝堂に置かれていたこの祭壇画は、病に冒された患者たちによって祈りを捧げられていた。第一場面の両翼にいる聖セバスティアヌスはペストから、聖アントニウスは麦角中毒から人々を救う守護聖人であり、祭壇画があったのはこの病を治療するための場所であった。キリストの肉体的苦痛に、患者は病の苦痛を重ねて、そこに救いを求めていた。しかし、苦悩を重ね合わせることで、わずかなりとも安らぎを得ることはできるのだろうか。画家が考えるように、苦しみには終わりなどなく、限界に達したと思っても、常に更なる苦痛が底なしの深淵に待ち構えているのだ。それは同時に、異郷者たちを苛む苦しみもまた果てしなく、彼らはどの土地へ行こうとも安寧を得ることはできないというゼーバルトのテーマに続くのかもしれない。

マリーア・Kの姿を、それから植物園で見かけることはなかった。連絡先も知らない彼女の姿も次第に霧がかかり、交わした会話もまたゆっくりと時間の襞の中に埋もれてゆこうとする。ただ、画集でグリューネヴァルトの絵画を目にする度に、マグダラのマリアのように組み合わされた手の形を思い出し、それは読み解けない彼女の肖像となっていった。

しかし、今年になってから、もう一度彼女との会話が、その声が遠くから呼び起こされることになった。きっかけは、二〇二一年八月二十三日に新たに街の中に埋め込まれた五つの躓きの石である。ある日、広場に面した市役所の裏、診療所のある黄色い建物のそばに、ぽつりと小さく埋め込まれた躓きの石を目にすることがあった。そこに刻まれた名前は、偶然にもマリーア・Kの姓とよく似ていた。真鍮板には他と同様に個人の記録が刻まれているが、ただひとつだけ異なるのは、最後に「AKTION T4」という文字が冷たく光っていることだ。二〇二一年に設置された真鍮の銘板には、ユダヤ人以外にナチスに消された人々——同性愛者やロマ、身体障碍者——の名前が記され、彼らもまた過去から呼び戻され記憶の眼差しが向けられるようになった。「AKTION T4」は、精神や身体障碍者を治療という名のもと集め、強制的に安楽死させるというナチス・ドイツによる虐殺の政策を指している。

足元の銘板を見つめていた時、赤いクジャクチョウが緩やかに舞い下りてきた。追悼の薔薇の花のように、それは躓きの石のそばの石畳に留まる。その小さく震える翅の上では、マリーア・Kの観察ノートで目にしたのと同じく、たじろぐほどの黒々とした深い目が光っていた。

ギリシャ・ローマ神話の中で、蝶は魂として表される。『移民たち』の蝶捕り人は、一時的ながらも魂を苦しみから拾い上げる人であり、そして此岸と彼岸の間で揺れる存在を呼び起こす眼差しの持ち主なのだろう。過去という幽霊的な存在を追い求めたナボコフと同様に、ゼーバルトもまた蝶という引き裂かれた個を丹念にたどり続けてきた。

彼の作品を読む度に、私の中に小さく浮かび上がる絵画的イメージがある。十六世紀イタリアのマニエリスムの画家ドッソ・ドッシの〈ユピテルとメルクリウスと美徳〉である。一五二三年から二五／二九年に手がけられたこの油彩画には、〈蝶を描く男〉という別のタイトルも与えられていた。淡い青に光る夜の中、画家に扮したユピテルは、カンヴァスに蝶を描いている。そのそばで作業を見守る伝令のメルクリウスは、背後から覗き込もうとする美徳の擬人像の方を振り返り、唇に指を当て静かにするよう諫める。静かに。そう彼は囁く。音を立ててはいけない。蝶という魂を驚かさないように。画家が今呼び起こそうとするものを、私たちは黙って見守らなくてはならないのだから。その声に出されない言葉によって、画面の外側にいる私の唇は声を、そして身体は動きを忘れてしまうだろう。私の目は昼と夜のクジャクチョウの目の模様のように、ただそこに描かれるものを見ることしかできない。この無言で制止するメルクリウスは、黄泉の国に死んだ人々の魂を送り届ける使者でもあった。沈黙の中、画家は忘却に足を踏み入れかけた亡き異郷者たちの記憶をなぞり続ける。ゼーバルトという蝶捕り人の手によって、蝶の肖像が描かれてゆく。そして、カンヴァスに次第に浮かび上がるそれは、いつしか不在の人の記憶の肖像画となるのだ。

あとがき

本書は、これまで書いてきたエッセイを三部構成でまとめたものです。

Ⅰは、河北新報で連載中のエッセイ「記憶の素描」から、二〇二四年八月までの掲載分を収録しました。二〇二一年十月から月一回のペースで始まったこの連載では、ほぼ十年に及ぶドイツでの生活を通して、かつて暮らしていた仙台の街や子供の頃の思い出を重ね、心惹かれた小説や美術などを絡めて書いています。テーマとして扱うのは、最近の出来事だけではありません。エッセイにはコロナ禍以前のことも多く登場し、連絡が取れなくなった人やもう無くなった場所など、淡く溶けてゆく記憶を形のあるうちに残そうとしています。

Ⅱの「透明なものたち」は、日経新聞の連載コーナー「美の十選」に掲載された美術エッセイです。研究している西洋美術を踏まえて、絵画について書く機会をいただきました。「透明」という場合によっては不可視なものを可視化するとは何なのか。あわいにあるものの表現者のひとりとして、私もその答えをエッセイの中で探し求めました。

そして、Ⅲの「小説を巡り歩いて」は、各文芸誌や仙台文学館ニュースの「私の一冊」に寄せたエッセイを集めたものです。毎回違うテーマで書いているはずなのに、いつも小説が顔を覗かせています。それだけ私の中で小説というものの存在は大きく、切り離すことができないのでしょう。

これらエッセイを書くに当たり、たくさんの方々の助けがありました。小説家としてデビューしたばかりの私に声をかけ、「記憶の素描」の連載企画を実現してくださった河北新報の前担当の阿曽恵さん、それを引き継いでくださった現担当の菊地弘志さん、「美の十選」のお話をくださった日経新聞の増田有莉さん、そしてエッセイの収録を快く許してくださった仙台文学館や各文芸誌の皆様にも深く感謝を捧げます。

同じく、美しい装幀を与えてくださった名久井直子さん、素敵な作品を提供してくださった西浦裕太さん、担当の見田葉子さんをはじめとする講談社の皆様にも、心から御礼申し上げます。

最後に、この本を手に取ってくださった読者の方々にも感謝の気持ちを。遠い場所にいようとも、文章を通して出会うことができる。そのことに励まされてきました。明るい昼間の空に星が描く模様を見ることができないように、私たちの中に蓄積した印象や記憶は、なかなか捉えにくいかもしれません。しかし、それを可視化するプラネタリウムのように、本書が読者の皆様にとってのかりそめの夜となれば心から嬉しく思います。

初出一覧　以下の記事に加筆しました

I

記憶の素描　……「河北新報」（朝刊）
二〇二一年十月二十六日～二〇二四年八月二十七日

II

透明なものたち――美の十選　……「日本経済新聞」（朝刊）
二〇二四年八月二日、八月五日～九日、八月十二日～八月十五日

III

小説を巡り歩いて
眼差しという語り――ル・クレジオの神話性に包まれた子供たち
……「仙台文学館ニュース 第43号」
透明な二人称　……「すばる」二〇二一年九月号
きなり雪の書　……「文學界」二〇二一年九月号
眠りの鳥類学　……「新潮」二〇二三年七月号
ドストエフスキーの月と蛾　……「現代思想」二〇二一年十二月臨時増刊号
蝶と蝶捕り人の変奏するイメージ　……「群像」二〇二二年九月号

石沢 麻依（いしざわ・まい）

1980年、宮城県生まれ。
東北大学大学院文学研究科修士課程修了。
現在ドイツ在住。
2021年、「貝に続く場所にて」で
第64回群像新人文学賞を受賞してデビュー。
同作で第165回芥川賞を受賞。
他の著書に『月の三相』がある。

かりそめの星《ほし》巡《めぐ》り

二〇二四年十一月二十六日　第一刷発行

著者　石《いし》沢《ざわ》麻《ま》依《い》

発行者　篠木和久

発行所　株式会社 講談社

東京都文京区音羽二－一二－二一

郵便番号　一一二－八〇〇一

電話　出版　〇三－五三九五－三五〇四

販売　〇三－五三九五－五八一七

業務　〇三－五三九五－三六一五

本文データ制作　講談社デジタル製作

印刷所　株式会社ＫＰＳプロダクツ

製本所　株式会社若林製本工場

ISBN978-4-06-537509-9

月の三相　石沢麻依

芥川賞受賞『貝に続く場所にて』に続く受賞第一作。

「フローラが失踪した」。旧東ドイツの小さな街に広がる噂が、歴史に引き裂かれた少年と少女の物語を呼び醒ます。分断の時代を越えて、不在の肖像をたどる旅。